Khalil Gibran

JESUS, THE SON OF MAN

Khalil Gibran

JESUS, THE SON OF MAN

纪伯伦全集（第五卷）·英文卷

人子耶稣

JESUS, THE SON OF MAN

〔黎〕纪伯伦 著　薛庆国 译

全国百佳出版社
中央编译出版社
Central Compilation & Translation Press

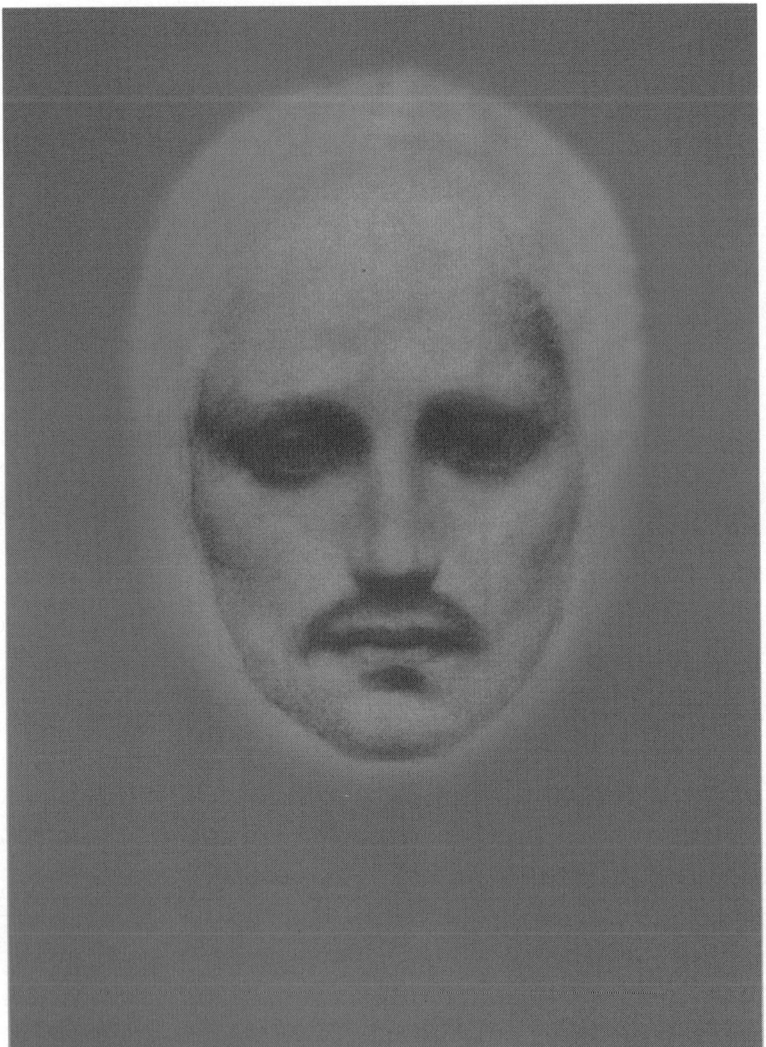

纪伯伦自画像

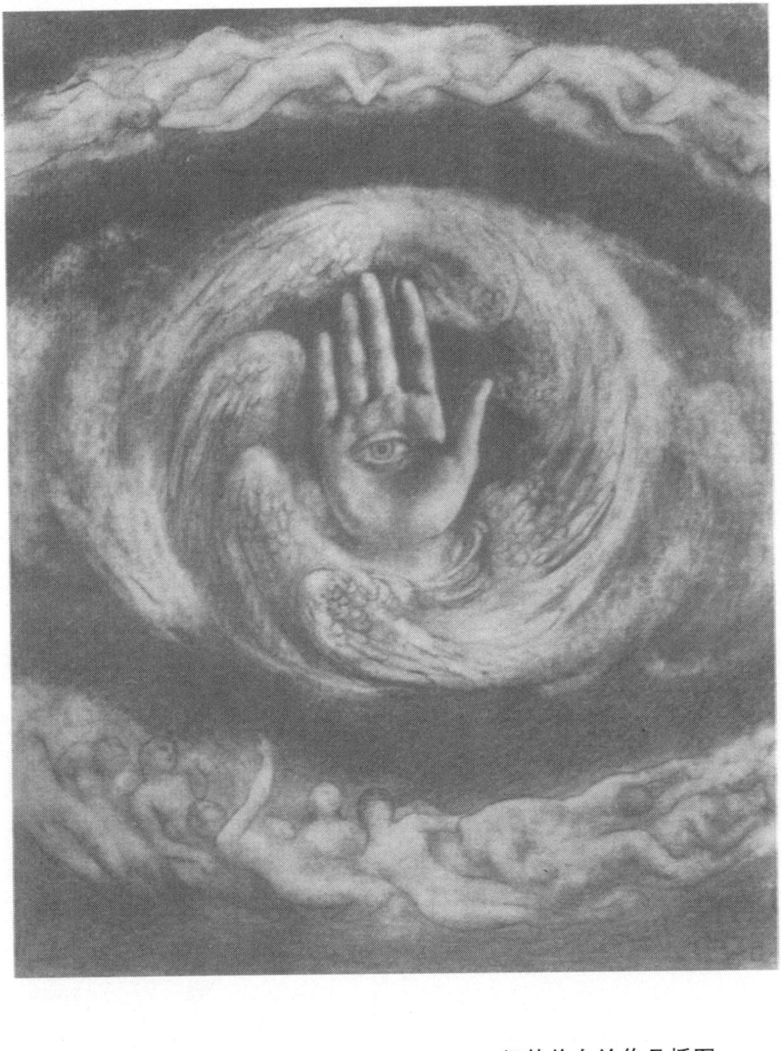

纪伯伦自绘作品插图

纪伯伦自绘作品插图

纪伯伦文学遗产的精华

钱满素

1918 年，随着《狂人》的问世，纪伯伦进入用英语创作的新阶段。至 1931 年逝世，他在十三年间写下了八部英语作品，除诗剧《大地神》外，其他均为散文诗，它们构成了纪伯伦文学遗产中的精华部分。《先知》是为纪伯伦赢得国际声誉的杰作，对这本他“思考了一千年”的书，纪伯伦最初曾用阿拉伯语构思写作，但后来改用英语，这无疑为它的迅速传播创造了条件。《先知》自 1923 年发表后，已被译成二十多种语言，仅在美国，便一版再版，销量高达四百多万册，可见读者的热情历久而弥新。

纪伯伦，一个黎巴嫩人，用英语写下了不朽的诗篇。与他早期的阿语作品相比，纪伯伦的英语作品较少“造反和叛逆喧嚣”，更像是一片真善美的净土，犹如他为自己的诗篇所作的几近女性柔美的插图。他曾说过：“心灵本是纯朴简单的，心灵的表现也是纯朴简单的。”确实，他的语言纯洁明净，他道出的真理也同样纯洁明净，时而晶莹如冰雪，时而灼热似烈火。什么是诗人的本质？不就是生活的本质，美的本质吗？当真和善以如此美的方式道出，难道还需要将它们纳入某种理论的范畴去进行诠释吗？每一位读者都不难像汲取阳光空气那样自然地去品味纪伯伦的智慧和境界，去体验自己内心的渴望与满足。

纪伯伦的特殊经历使他有可能放弃本民族文化的偏见，将不同的文化视为全人类共同的财富，融会贯通，兼收并蓄东西方文化的精华。东方的神韵和西方的意识，神秘博大的精神向往和自由平等的变革思想，在他的诗篇中被锻造成一种古今相通、东西合璧的艺术境界。毫不夸张地说，只有很少艺术家能这样同时进入东西方文化的深层，取长补短，综合形成自己独特的艺术品质。

通观纪伯伦这八部作品，首先感受到的是其中浓重的宗教气息。作为一个诗人，纪伯伦关注和思考的是宇宙、人、社会、真理这些最本质的问题。随着年龄阅历的增长，他的作品从激越的感情更多地转向形而上的思考，这种思考的最高形式对他来说不是哲学，而是宗教。无论从内容、形象、隐喻或情绪上说，他的作品都离不开宗教。纪伯伦出生于受伊斯兰教浓郁影响的黎巴嫩，后来又基本上在信奉基督教的欧美接受教育和生活、创作。双重的宗教背景如同他双重的语言背景，并不对他构成冲突，却似乎成倍地加深了他的宗教意识。他相信，精神是最高形式，而“任何精神都体现在上帝中”。在他的作品里，上帝被喻为“陶工”，“射者”，“至高无上的诗人”；是上帝把宇宙、世界和人生凝聚起来并赋予其意义。上帝永远是人们崇拜、追求、热爱的对象，是一切思想感情的核心和终结。正如大地神所言：“人类的一切若止于人间便毫无价值。”正是在上帝的光环照耀下，纪伯伦写耶稣，写神，写先知，写人。纪伯伦显然喜欢以先知自居。在传统宗教中，先知是直接受神的启示，并传达神谕的人，伊斯兰教的创始人穆罕默德自称为最后一位先知。但纪伯伦的先知更像是一名人间的先知先觉者，他走在众人之前，想得更多，看得更远。在《先知》和《先知园》中，他是智慧而孤独的，在精神上居高临下俯瞰众生，人们崇敬他需要他，却未必能理解他。他象征着人的精神追求和终极理想，表现了人的超验而神秘的宗教情绪。

然而，纪伯伦的宗教并非传统意义上的宗教，而是反传统反偶像的。他提倡的是一种新的关于神的观念和新的神人关系，他的上帝其实就是人自己。他不止一次地说过：“我们就是上帝”，“上帝是长了双翼的我们”。在《狂人》“上帝”篇中，上帝并不理会人对他的顶礼膜拜，时过三千年，人终于认识到自己与上帝的合一，要和他在太阳面前一起成长，上帝这才拥抱了人。关于人和神的关系，大马士革的波斯哲人在《人子耶稣》中这样说:“叙利亚这里的人正如所有人一样,他会在他的理解之镜中照影,从中发现自己的神性;他会按自己的喜好造就神,膜拜那反映自身形象的神。”纪伯伦是一个从无形的脚镣手铐中解放了的灵魂,他对自己充满自信:“我将走自己的路,直到抵达理想的目标。我决不取悦那些膜拜往昔之神、谨守陈腐见解、带着古老愿望生活的人!”

纪伯伦的耶稣是人子,是兄弟,他还有三大神迹未记于《圣经》:“第一,他是像你我一样的人;第二,他有幽默感;第三,他知道自己虽被征服,却是个征服者。”但是,正如《人子耶稣》中推罗的商人巴尔卡所说:“遗憾的是,他的弟子们设法要把这样一位贤哲造成神仙!”纪伯伦对基督教独霸拯救之路颇不以为然,在《游子》“闪电”篇中,他让闪电焚毁教堂,非基督徒得了救,而不许她得救的主教反被大火吞噬。纪伯伦甚至超越于有神论及无神论之上,在《狂人》中他写了两夫子在对神的有无进行了持久的争辩后,各自放弃了自己的观点。无神论夫子祈求众神宽恕他迷妄的过去,而有神论夫子则将他的圣书付之一炬。纪伯伦反对宗教中原罪式的负疚感,鼓励人们欢乐地生活。他也反对使用“魔鬼”作为吓唬人的工具,在《沙与沫》中他写道:“魔鬼死在你出生的当天。现在你不必穿过地狱去会见天使了。”但纪伯伦并不否定上帝和宗教,因为他理解人的精神需求,理解许多人对崇拜的需要,对崇拜对象的需要。既然崇拜信仰有助于人精神的升华,既然“精神需要上帝”,那就让我们崇拜我们内在的上帝吧。“涅槃是有的”,就在我们平凡的生活中。天堂就在人间,“在门背后,在隔壁屋里”。人将带着“自觉和知识”向上帝奔去。

既然神就是人的本质,纪伯伦真正关心的也就是人。纪伯伦对人类的爱完全超越区域种族,甚至超越了生和死。但他对人的爱并不盲目,他清楚地看到人的多重性:人既有神性,又有人性,还有低于人性的侏儒性。关于人性,纪伯伦强调的是善而非恶,在《先知》中,他把恶视为善的扭曲或丧失,是“善被自己的饥渴折磨而成”。在自

然状态下，人既不高于罪犯，也不低于先知。纪伯伦不仅崇尚人，而且崇尚个人，因为每个自我都既小又大，既是碎片，又是穹苍，既是沙与沫，又是大海。而每个灵魂又都是平等的，人与人的关系也就是人与自己的关系。每个个人都有完善自己的可能性，人应该以自己的神性来克服自己的侏儒性，实现自己的价值，做自身的先驱，最终超越“小我”，升向自己的“大我”、“真我”，与万物合一，与上帝合一。

纪伯伦心目中的自然是和谐的，“自然界的竞争不过是混乱在渴望有序”。人与自然应该相互依存，人与天地万物，花草虫鸟共同生息，生于自然，归于自然。自然提供人类生存的条件和美的享受，人在自然中获取灵感，升腾精神。他的诗篇行进于峰峦峡谷，大江湖海，既有狂风呼啸，又有日光绚丽。那里有四季的节奏，夜莺的歌唱。

纪伯伦歌颂积极而有朝气的人生：无私地奉献，快乐地获取，就像花和蜂那样彼此给予和接受。纪伯伦最高的理想是爱和美，“爱情无往不胜”，爱和爱的欲望能超越神的疑问，大地神这样呼吁：“让我们这些大地神入睡，而让爱情，这人类的柔情，去做来日的主宰。”纪伯伦把美和真视为世上两大要素，人生的真谛，对他来说，超越美的宗教或哲学是不存在的。他常常把诗人和哲学家相比，嘲弄没有心灵的空洞的理论。纪伯伦最崇尚的品质中有沉默和宽恕，他的主人公孤独沉思，因为沉默乃是真我的居所，力量的表现，伟大的歌手无不歌唱沉默。强健的灵魂又是宽恕的，宽恕是受伤害人的荣誉。他最鄙视的品行是奴性，他向准备废黜暴君的人们建议：“先看看他在你们心中的王位是否已经摧毁。”

纪伯伦对人生的思考最突出的有两点：一是变革的精神，二是辩证的观点。他对人生，对自我，对人与人的关系都表现出一种新型的变革的姿态。每个人都需不断更新，“每天在自己的灵魂中发现一个新区域”。爱情也一样，“不能每天自我更新的爱，就变成习惯，而且终将成为奴役”。纪伯伦的辩证观点几乎涉及一切矛盾的对立面，如善与恶："你有数不清的善，但你不善时也不是恶。"如罪人与圣人："罪行都由众人犯下。"如生命与死亡："你们若不在生命中去寻找，又怎么能发现它呢？"如学说与真理："许多学说都像窗玻璃。我们通过它认识真理，但它又把我们与真理分开。"如精神与物质："纵然是最高超的精神，也不能逃脱物质的需求。"即使对他酷爱的自由，纪伯伦也不绝对化，他看到自由本身也可能成为最沉重的桎梏，这是他思想上不同凡响之处。

纪伯伦说过："我的生命原是两个生命：一个生命，我用来工作，研究，与人们交往和斗争，穷尽人们内心的秘密；另一个生命，我把它用在遥远的、宁静的、严肃的、神奇的、划不清时间和空间界限的地方。"凭着他的悟性与智慧，纪伯伦在四十岁便写下享誉世界的《先知》。他的悟性是艺术家的悟性，洋溢着青春气息。他的智慧是诗人的智慧，用形象和寓言来说出人生的真理。纪伯伦始终认为思想是诗的绊脚石，对他来说，"诗不是观点的表达。它是从流血的伤口或是微笑的唇间涌出的一首歌。"他正是这样来创作的，他的形象别致而又深刻，令人难忘，人们会记住：理性是舵，激情是帆；会记住：爱情是个打谷场……这些优美的诗篇经历了大半个世纪，仍然给人抚慰与激励。纪伯伦，这位被先知塑造，又塑造了先知的人，这位自称是一团雾的人，他渴望被人理解，他也得到了这种理解。

1994. 1. 1. 于北京

Contents

目录

英文卷

主编/钱满素

Khalil Gibran

大地神

(1931)

薛庆国译

游子

(1932)

薛庆国译

先知园

(1933)

薛庆国译

1928

薛庆国 译

人子耶稣

——他的言与行，由知道他的人
讲述、记录

西庇太之子雅各[1]

在一个春日里，耶稣站在耶路撒冷的街市上，向群众宣讲天国。

他指责文士和法利赛人[2]在向往天国的人们道路上设立圈套，挖掘陷阱；他对他们加以痛斥。

人群里有一帮人是为文士和法利赛人辩护的，他们寻思着加害耶稣和我们。

但耶稣躲避开了他们，绕道往城的北门走去。

他对我们说："我的时辰尚未来到，在我把自己交给这世界以前，仍有许多道理要向你们宣讲，有许多事情尚待完成。"

他又说，他的话音里有快乐与欢笑："让我们到北国去迎接春天吧！跟我一起登上山峦，因为冬季已过，黎巴嫩的积雪正在消融，流向山谷，与溪涧一起歌唱。"

"原野和葡萄园已经苏醒，并以绿装和嫩葡萄向太阳致意。"

于是，他在前边带着我们，一连行走了两天。

第三日下午，我们到达了黑门山的顶峰。他往下俯视着平原上的城邑，他的脸似熔化的金子一般闪亮着，他张开双臂，说道："看啊！大地披上了绿装，溪流为大地的衣裳镶上了银边。"

"真的，大地是美丽的，大地上的万物是美丽的。"

"但是，在你们看到的一切之外，另有一个王国，那是我要统率的地方。如果你们选择了那个王国，并真心向往之，你们也将随我一道统率。"

---

① 雅各，耶稣的十二使徒之一。

② 法利赛人，古代犹太教一个派别的成员，《圣经》中称他们为言行不一的伪善者。

“我和你们的脸上将不再蒙着面具；我们的手将既不持刀剑，也不执权杖；我们的臣民将在和平中爱着我们，而不用惧怕我们。”

耶稣这样说着。于是，这大地上的万国，各式的城邑、墙垣、高阁便从我的视线中消失。我从心底里愿意跟随主去他的天国。

这时，加略人犹大走上前来，他来到耶稣跟前，说道：“你瞧，这世上的王国何其广大，大卫和所罗门[1]的城邦必将战胜罗马。你若愿意做犹太人的王，我们将手持剑与盾和你并肩而立，我们必将征服异族。”

耶稣听后愤然作色，他怒视着犹大，以空中惊雷一般的话音威斥道：“走开，撒旦！你以为我历尽岁月，就为了做一日蚁冢的君主吗?”

“我的宝座是你目不能及的。那翅翼覆垂大地的，会去寻找被弃置、被遗忘的巢穴栖身吗?”

“那生者，会被裹着寿衣的尸体尊敬、赞颂吗?”

“我的王国，不属于这片土地；我的宝座，不是建立在你祖先的遗骸上。”

“倘若你在精神的王国以外另有所求，你最好离我而去，下到你死者的墓穴中；那些往昔戴着王冠的头颅正在墓中商聚，或许还会给你先人的遗骨授勋。”

“你竟敢用废渣做的冠来引诱我吗？我的前额，向往的要么是天上的七星，要么是你们备的荆棘。”

“若不是为了某个被遗忘民族怀有的梦想，我就不会让你们的太阳升起在我的忍耐之上，也不让你们的月亮将我的影投照你们的道路。”

“若不是为了一个母亲的愿望，我就要挣脱襁褓，遁回天宇之中。”

“若不是念及你们众人的哀愁，我不会滞留下来哭泣。”

---

① 大卫、所罗门，古以色列国王，所罗门为大卫之子。

“你是谁，你算什么，加略人犹大？你为何要引诱我？”

“你是否真用天平称量了我，发现我该统领一支侏儒之军，指挥无形的战车作战；而那敌人，只是在你的仇恨里扎营，在你的恐惧中行军？”

“太多的虫豸在我足边爬行，我不屑同它们作战。我已厌倦了此类噱头，厌倦了怜惜这些爬虫，它们见我对它们镇守的城垣和楼阁不采取行动，便认定我是懦夫。”

“可怜的是我偏偏得怜惜到底。真愿我能掉转步子，到巨人居住的大世界去。但我如何成行？”

“你们的祭司和帝王想要我的血，他们要在我远去之前得到满足。我不愿改变诫命之律，不愿支配愚昧之徒。”

“让无知去滋生无知，直到它厌倦自己的子息！”

“让盲人去把盲人引向陷阱！”

“让死者去窆葬死者，直到大地被自己产的这些苦果窒息！”

“我的王国不属于这块土地。在我的王国里，你们将三朋两友会面小聚，心里怀着友爱，怀着对生活之美的赞叹，怀着喜悦，也怀着对我的绵绵思念。”

然后他猛然回头，向着犹大说：“走开，伙计！你的王国永远不会存在于我的王国里。”

现在时值黄昏，耶稣对着我们说：“让我们下山吧。黑夜正在来临，让我们借着照亮我们的光明赶路吧。”

我们随着他走下山峦，犹大在后面远远跟着。到达山脚时夜色已浓。

这时抵奥芬斯的儿子多马说道：“主啊，现在天色黑暗，我们看不清道路。若蒙你乐意，请带我们到远方亮着灯光的村子去，我们或许可以找到食宿。”

耶稣回答多马说：“我在你们饥渴时领你们到达高处，又以更大的饥渴引你们下到平原。但我今夜不能与你们同在，我要一人独处。”

这时西门彼得上前说道："主啊，莫让我们在黑夜里独行；答应我们，哪怕就和我们一起在这僻路上过夜，只要有你同在，这夜和夜的黑影不会长久，早晨很快就会来临。"

耶稣答道："今夜里，狐狸会找到自己的穴，天上的飞鸟会有自己的巢，而人子在大地上却没有他枕头的地方。 现在我真要一人独处了。 你们倘若想念我，就会在我发现你们的湖畔找到我。"①

于是我们心绪沉沉、恋恋不舍地离开了他。

一路上我们多次停步，掉头凝望，看他孤独又威严地往西方去。

唯独加略人犹大没有掉头看独行的耶稣。

从此以后，犹大变得阴郁和冷漠起来，我觉得他的眼窝里有一种险恶的神色。

① 据《新约》记载，耶稣传道之初在加利利海边招彼得等人为使徒。 本文中称加利利海为加利利湖(the Lake of Galilee)。

马利亚之母亚拿

我女儿的儿子耶稣，是于一月份降生在拿撒勒的。耶稣出生的那夜，我们家来了几位东方的客人。他们是随着米甸的商队前往埃及而途经埃斯德赖隆的[①]。他们没有在客栈找到住处，就来到我们家寄宿。

我迎候了他们，并说：“小女今夜刚生儿子，我对你们招待如有不周，务请包涵。”

他们感谢我的接待。用过晚饭后他们说：“我们想见见新生的孩子。”

马利亚的儿子形容可爱，马利亚也是楚楚动人。

波斯人一见到马利亚和孩子，便从行囊里掏出金银、没药和乳香，献在孩子的脚前。

然后他们就俯伏，用我们听不懂的语言做了祈祷。

我引他们去备好的卧室时，他们走路时似乎还在对刚才的所见大为敬畏。

到了早晨，他们向我们告辞，继续往埃及赶路。临别时他们告诉我：“孩子虽然方生一日，但我们在他眼里看到了上帝的光，在他嘴上看到了上帝的微笑。”

“我们恳请你好生照看他，将来他会照看你们全体的。”

说完，他们跨上骆驼，从此我们便没有再见过他们。

与其说马利亚为新生儿欢喜，倒不如说她满怀着惊奇和诧异。

她总是久久地看着孩子，然后扭头从窗口凝视着远方的天空，仿佛看到了什么幻象。

---

① 埃斯德赖隆，即巴勒斯坦的埃斯德赖隆平原。

我们两人的心似有山谷相隔。

孩子的身心都在成长，他与别的孩子不同，性情幽独，不易支配，我也无法加以控制。

然而，拿撒勒一地人人喜欢他，我内心也知其中缘由。

他时常拿走我们的食物送给路人；我给他的甜食，他自己未及品尝，就送给别的孩子。

他攀上我家园里的果树采撷果子，却从不是采给自己吃。

他和孩子们一起赛跑；有时候，因为他脚步更快捷，他便放慢步子，让孩子们先达终点。

有时当我带他上床，他说：“告诉我母亲和别人：睡眠的只是我的身躯，我的思想却与他们同在，直到他们的思想光临我的早晨。”

童年的他还有许多奇异的言论，但我已经老迈，难以记清。

而今人们说我再也见不到他了，我如何能相信呢？

我依然听到他的笑声，听到他在宅边跑动的脚步声；每当我亲吻女儿的脸颊，他的芳香又沁入我的心里，他的身体似又充满我的怀抱。

但我的女儿却不对我谈他的初生儿，这岂不奇怪？

有时候，我似乎比女儿更为强烈地思念他。她在白天像铜像一般伫立着；而我的心却已融化，变成溪流。

或许，她知道我不了解的秘密。但愿她也能告诉我。

被称为推罗的演说家的亚萨

我如何评说他的讲演呢？或许是他身上的某些东西赋予他打动听者的力量，因为他容貌俊美，明媚的日光辉映在他的脸庞上。

男人女人注意他的外形，胜于聆听他的言辞。但他的话中总有一种精神之力，这种精神控驭着听众。

我年轻时曾听过罗马、雅典、亚历山大各地演说家的讲演，但年轻的拿撒勒人和他们都不相同。

那些演说家通过遣词造句的技巧来吸引耳朵。而当你听他演说，你会心驰神往，进入一个从未见识的境界。

他会讲述一个故事、一则寓言，都是在叙利亚闻所未闻的。他仿佛用四季编织了这些故事、寓言，一如时光编织了岁月与年代。

他在故事开头时会说：“农夫前往田地播撒他的种子。”

或是：“从前有个富人拥有许多葡萄园。”

或是：“一位牧人在黄昏时点数羊群，发现丢失了一头羊。”

这些话语将听众带回纯朴的自我中，令他们追溯起往昔的时光。

在内心里，我们都是农夫，都爱葡萄园；在我们记忆的草场，也有一位牧人和群羊，还有丢失的羊只。

我们心中还有犁铧、榨酒器和打谷场。

他知晓往昔的我们从何处发源，也知道现时的我们由哪条长线织就。

希腊、罗马的演说家向听众谈论思想所能看见的生活，拿撒勒人讲述的则是萦绕心灵的一种向往。

那些人看待生活，只比你我略为分明；而他却藉上帝的灵光洞察生活。

我常常认为他对人群的演讲，犹如高山向着平原在作演讲。

在他的言辞里，蕴蓄着雅典和罗马的演说家们不曾拥有的力量。

抹大拉人马利亚[①]

我第一次见到他是在六月。 他走在麦田里，我和侍女们当时恰好路过。 他独自一人。

他的步履与别人不同，他走路的姿势我也从未见过。

别人是不像他那样行路的。 至今我也说不清，他的步伐是快捷还是缓慢。

我的侍女们用手指点着他，并羞涩地窃窃私语。 我也停下脚步，向他举手招呼。 但他并未扭头看我。 我恼恨起来，灰心丧气，浑身有如掉进冰窟一般冰冷、发抖。

那天夜里我梦见到他。 别人后来告诉我，我在睡梦里曾经大叫，在床上辗转不停。

我再次见到他是在八月份，这次是隔窗而望。 他端坐在我花园对面的柏树下，一动不动，如同安提阿和北国其它城邑的石雕像一般。

我的埃及奴仆过来说道：“那个男人又来了，正坐在你花园的对面。”

我注视着他，我的魂魄随着身子一起颤抖，因为他是那么英俊。

他的身躯超凡脱俗，身体的各个部位是那么和谐。

我穿上大马士革的锦衣，离开屋子向他走去。

将我引向他的，是我的孤独还是他的馨香？是我眼中的饥渴在祈望他的俊美，还是他的美在寻求我的目光？

这些，我至今仍不明白。

我向他走去。 我身上的衣裳散发出芳香，罗马军官送我的鞋闪

① 抹大拉人马利亚，耶稣的一位女信徒，据传耶稣曾从她身上赶出来七个鬼。

着金光。走近他时，我问候道："早上好！"

他答道："早安，米利暗[1]。"

他注视着我，从未有人以他那夜色一般的眼睛看过我。我忽然感到仿佛裸着身体一般，我羞怯了。

可他只是说："早安！"

我问道："你不愿去我家吗？"

他说："我岂不是已经在你家中了？"

当时我并不明白他的话意，但我现在明白了。

我又问："你不愿和我一起用些葡萄酒和面包吗？"

他答："愿意，米利暗，但不是现在。"

"不是现在，不是现在。"他说出的这几个字眼里，有着海之声、风之音、树之语；他对我说这几个字眼时，生命在对死亡论说。

请注意，朋友，我当时已经死去，是个离弃了自己灵魂的女人。当时的我，不是你现在见到的我。当时的我属于一切男人，又不属于任何人。人们叫我妓女，说我身上附有七个魔鬼。我被人诅咒，为人嫉恨。

自从他黎明似的目光注视了我的眼睛，我黑夜里的一切星辰顿时消隐，我变成了米利暗，不再是别人玩物的米利暗，我不再属于自己熟悉的土地，我在新的天地找到了自我。

我又请求他："请到我家去，和我共进面包和葡萄酒。"

他说："你为何邀请我做你的客人呢？"

我答："我请求你光临敝舍。"这是我心中一切的泥土与天空在向他发出呼唤。

他看我一眼，他目光里的中天日照耀着我。他说："你有很多情人，但唯有我真爱你。别的男人与你厮守，但爱的乃是他们自己；我爱的是你本身。别的男人看中你的美貌，但这美貌比他们的岁月凋谢得更快；而我在你身上看到的，却是一种永不消殒之美，在你岁

---

① 米利暗，马利亚的别称。

月的暮秋，这种美不会怯于揽镜自照，也不会受人冒犯。”

“独有我爱你身上看不见的东西。”

然后他低声说道：“走吧，如果你不愿我在你柏树的荫下静坐，我将行我的路了。”

我哭泣着说道：“主啊，去我家中吧。我要为你薰香，用银盘替你洗脚。你虽是生客，却又不是生客，我请求你，到我家里去吧！”

这时他站起，如四季俯瞰田野一般微笑着看我，又说道：“所有人都为了他们自己而爱你，我却是为了你而爱你。”

然后他走开了。

可是没有人曾走过他走过的道路。他是降自我的花园向东方飘去的一股气息，还是能摇撼万物根基的一场暴风呢？

我说不清楚。但在那一天，他眼中的落日戮杀了我身内的恶龙，我重新成为一名妇女，成为米利暗，抹大拉的米利暗。

希腊药师腓力门

那个拿撒勒人是他的民众中最杰出的医师。没有人像他那么透彻地了解我们人体，了解其每一部位的各种特性。

他治愈了希腊人和埃及人不曾听说的病症，据说他甚至曾使死者复生。无论传闻确切与否，这都表明了他法力之大，因为只有确实显过神通的人，才会被认为具有大功异能。

人们还说耶稣踏访过印度和两河流域的国度，那里的祭司向他面授过有关我们人体内各种奥秘的知识。

然而，这些奥秘也许是诸神直接向他昭示的，而并未通过祭司；因为千秋百代万众不解的道理，确有可能在片刻之间揭示给一人。阿波罗①的妙手，有可能触及钝拙之人的心户，把他造就为智者。

曾有许多秘门对推罗人和色班人是敞开的。对于他，也有一些密封的门是敞开的。他进入了灵魂的殿堂，即身体；对于体内那些密谋损害我们体力的恶魂，和那些编织不辍的善的灵魂，他都看得分明。

在我看来，他治病乃是运用抗御之力，但治病方法却不为我们的贤哲所知。他以冰雪般清凉的触摸，使高烧惊退；他以自己的镇静，使僵死的肢体诧异而折服，并康复如初。

他了解干皱的树皮内正在枯竭的汁液，但我不知他如何用手指触及汁液；他了解锈斑下面还有完好的钢铁，但无人知道他如何为刀剑除锈，重现其锃亮本色。

有时我仿佛觉得，他能听到阳光下万物痛苦时的低诉，他会将它们高举、支托起来，他不但用自己的知识相助，还启发万物运自己的

① 阿波罗，希腊神话中司掌太阳、音乐、诗歌、健康的守护神。

力向上，而达到痊愈。

然而，他不太看重自己医生的身份，而更醉心于宗教与治国之政。我为此遗憾，因为我们首先必须有强健的身体。

可这些叙利亚人每每染病，就要寻个理论，而不是去寻药。

他们中最杰出的医师，宁愿选择做街市上的演说者，真令人遗憾。

称作彼得的西门[①]

我是在加利利湖畔第一次遇见我的圣人、我主耶稣的。

我兄弟安德烈当时和我在一起，我们正往湖里撒网。

由于风急浪大，我们捕的鱼很少，心里闷闷不乐。

忽然间，耶稣仿佛一下子从天而降，站到我们近旁，我们都未看见他来的踪影。

他称呼了我们的名字，说："若是你们愿随从我，我将领你们去鱼群密集的水湾。"

我看他的脸时，手中的网掉落地上，因为我心里燃起了一股火焰，我认出了他。

我兄弟安德烈说："我们对湖畔所有水湾都了如指掌，在这样的大风天，鱼都躲在我们网下不到的深水里。"

耶稣回答："跟我去到更大的海的岸边，我要叫你收获人，你们的网永远不会空荡。"

我们便丢下船和网跟从了他，我受到他身旁一股无形之力的驱使。

我在近旁屏息静气地跟随他，心里充满了惊异。 我兄弟安德烈走在我们后面，他也大为惊讶。

我们在沙滩上走着，我冒昧地对他说："先生，我们兄弟将追随你的脚印，跟你去海角天涯。 但是今夜你若愿意，请光临寒舍。 我们的屋舍虽然窄小低矮，招待你的也只是粗茶淡饭，但如蒙你光临，我们将视陋室为宫殿；倘若蒙你和我们一起擘饼，世上的君王也将嫉妒我们。"

---

① 彼得，原名西门，是耶稣的大弟子，彼得是后来耶稣赐他的名字。

他说："好吧，今夜我就去你家做客。"

我十分欢喜。我们默默地跟在他后面走到我们家。

在我们跨进门槛的时候，耶稣说道："愿这房屋和其中的主人得到和平。"

然后他走进屋子，我们也跟了进去。

我的妻子、岳母及女儿出来迎候，她们敬仰地在他面前俯拜，吻了他的袖口。

她们对被选而被爱的耶稣光临家门大觉意外。此前，当施洗约翰[①]向众人宣告他的身份时，她们已在约旦河边见过耶稣。

我妻子和岳母马上动手准备晚餐。

我兄弟安德烈生性腼腆，但他对耶稣的信仰比我更深。

我那只有十二岁的女儿，站在他旁边，抓住他的衣服，似乎生怕他离开我们再走进室外的夜色里，她像迷途的羔羊发现了牧人一般依偎在他身旁。

我们在桌前坐下。他擘开饼，斟了葡萄酒，对我们说道："朋友们，请惠赐我荣幸，与我共享这份食物，正如天父惠赐我们这份食物一样。"

他按照贵客就是主人的古老习俗，在用餐之前说了这番话。

我们在他旁边就座，感到如同就坐在伟大君王的筵席上一般。

我那少不更事的女儿帕特娜拉，凝视着他的脸，注意着他的一举一动。我看到她已经热泪盈眶。

他离开餐桌时，我们跟在他身后，在葡萄树下围他而坐。

他开口说话了，我们聆听着，我们的心在胸中欢欣雀跃。

他谈到了人的第二次降生，谈到天国之门的开启，谈到天使下凡

① 施洗约翰，在耶稣稍前的传道者，曾在约旦河边的旷野里为人施洗，宣传福音，后来又为耶稣施洗。

为人类带来和平与欢乐，又升天将人类对圣主的仰慕传达御前。

他又凝视我的双眼，仿佛看透了我的腑脏。他说："我拣选了你和你兄弟，你们应该和我同行。你们劳作，负担重重，现在我要让你们休息。驮起我的轭，学我的样子，因为我的心是平和的，你们的灵魂将会觉得充实，并有回归故乡之感。"

他说话时，我们兄弟俩伫立聆听。我说："主啊，我们将跟从你到天涯海角；即使我们肩负着山岳一般的重荷，我们也将快乐地承受。倘若我们中途仆倒，我们知道这是倒在通往天国的路上，我们将因此而满足。"

我兄弟安德烈说道："主啊，我们愿做你织机上的线。如蒙恩准，请将我们织成衣裳，我们愿被织进至高者的御衣。"

我妻子仰起泪脸，高兴地说："祝福你，以圣主的名义来访的客人。祝福那曾孕育你的胎腹，和那喂你奶汁的乳房。"

我那不过十二岁的女儿坐在他的脚旁，依偎着他。

我的岳母坐在门槛边，她一言未发，只是默默流泪，泪水浸湿了她的披巾。

耶稣走到她跟前，捧起她的脸面向自己，说："你是他们众人的母亲，你因为欢喜而哭泣，我将记住你的泪水。"

现在那轮古月已经升起。耶稣举目望着明月，然后面对我们说："时辰已晚。上床去睡吧。上帝或许会莅临你们的睡梦。我将在这棵葡萄树下待到黎明。我今天撒下网，收获了两个人，我已满足，现在该和你们道晚安了。"

这时我岳母说道："可我们已在家里为你铺好床席，我请求你进屋憩息。"

他答道："我确要憩息，但不是在屋顶之下。就让我在葡萄与星辰的篷罩下度此良夜吧！"

岳母便匆忙拿出床垫、枕头和被单。 他见状笑道：“你看，我将躺在双重铺就的床铺上。”

然后，我们离开他走进屋子。 我女儿最后进屋，她的眼光依然盯着他，直到我关起房门。

就这样，我初次认识了我的圣人、我的主。

虽然这已是多年以前的事，但如同发生在昨天一样历历在目。

大祭司该亚法[①]

要谈耶稣其人和他的死，我们要考虑两个突出因素：摩西的律法必须由我们保全，这个国家必须受罗马的保护。

而此人对我们、对罗马却大为不恭。他毒害了粗鄙小民的头脑，似乎用了魔法唆使他们抗拒我们，抗拒恺撒。

我自己的男仆女奴，听了他在街市上的讲演后，也变得愤愤而不驯。有些家奴还从我家出走，逃到他们原先来的沙漠里。

别忘记摩西律法是我们的根基和力量之塔，只要我们以这种力量牵制人们的手足，便无人能够颠覆我们；只要耶路撒冷的城墙树立在大卫奠定的古石之上，便无人能够推翻这座城市。

如果亚伯拉罕[②]的种子真要成活、盛发，这片土地就必须不受玷污。

然而耶稣此人却是玷污者和腐蚀者。我们处死他是审慎又无愧的。我们还将处死胆敢贬低摩西的律法、亵渎我们神圣传统的所有人。

我们和本丢·彼拉多[③]深知此人的危害，认为干掉他乃是明智之举。

我还将看到他的追随者遭受同样下场，看到他言论的回声同样销声匿迹。

---

① 该亚法，耶路撒冷的大祭司，杀害耶稣的主谋。

② 亚伯拉罕，希伯来人的始祖。

③ 本丢·彼拉多，罗马皇帝派驻犹太的巡抚，在他任职期间耶稣被钉死在十字架上。

如果犹太要想生存，所有反抗她的人都必须化为尘土。在犹太灭亡之前，我要像先知撒母耳①一样用灰烬盖住自己灰白的头颅，我将撕碎这件亚伦②传下的衣服，穿起丧服，直到死去。

① 撒母耳，犹太古代先知和领袖。

② 亚伦，摩西的兄长，曾辅助摩西率以色列人出埃及。

约亚拿，希律[1]王管家的妻子

耶稣从未结婚，但他是妇女的朋友，他像亲密的伴侣一般了解妇女。

他怀着信任与理解喜爱孩子。

他的目光，既是为父的目光，也是为兄弟、为儿子的目光。

他会把孩子抱在膝上，说："你们的力量和自由由此而来，精神的王国也由此而来。"

人们说耶稣无视摩西的律法，说他对耶路撒冷城和乡村的妓女过于宽恕。

我本人当初也被当作妓女，因为我爱上的男子并不是我的撒都该[2]丈夫。

有一天，我和我的情人会面时，一群撒都该人突然闯进我家，他们抓住了我，我的情人却撇下我逃走了。

然后他们把我带到耶稣做宣讲的街市。

他们存心把我带到他面前，以便试探并陷害他。

然而耶稣并没有判决我，他羞辱了想要羞辱我的人们，他斥责了他们，而把我放走了。

从此以后，生活中所有寡味的果实在我尝来都变得甜美了，无香的花闻起来也有了芬芳。 我摆脱了屈辱的记忆，我自由了，我不再垂头丧气。

---

① 希律，犹太国分封的王。

② 撒都该人，犹太教中以僧侣、贵族为首的派别，只承认摩西五经中成文律法，曾受到耶稣的谴责。

迦拿[1]的新娘拉夫卡

这件事发生在他被人们所知道之前。

那一天，我正在修剪母亲花园里的玫瑰，他在我们家门口停下。

他说："我渴了，请你给我一点井水好吗？"

我跑着取来银杯，盛满水，又往杯中倒了几滴花瓶里的茉莉花水。

他大饮一口，十分高兴。

然后他看着我的眼，说："我要为你祝福。"

他说这话时，我似乎觉得有一阵风在我体内吹拂。 我不再羞怯了，我说："先生，我已和加利利的一位迦拿小伙子订婚，将于下周四结婚，请你届时光临我们的婚礼，好吗？"

他说："我会来的，我的孩子。"

听着，他说："我的孩子"，尽管他还是个年轻人，而我也近二十岁了。

然后他继续赶路。

我在花园门口痴立着，直到母亲把我喊进屋子。

到了下周四，人们把我迎到新郎家举行婚礼。

耶稣来了，随同来的还有他的母亲和他的弟兄使徒雅各。

他们和客人们一起在婚筵上就座。 女傧相唱起了所罗门王作的婚庆歌。 耶稣吃着佳肴，饮着葡萄酒，向我们大家微笑着。

傧相们唱起多情的小伙将情人带进帐篷；唱起年轻的葡萄园园丁爱上了园主的千金，带她去见自己的母亲；唱起王子遇见行乞的少女，把她带到宫中，给她戴上祖先的王冠……耶稣倾听着这一首首

---

① 迦拿，加利利地名。《新约》中记有耶稣在迦拿的婚筵上变水为酒的神迹。

歌曲。

同时，他仿佛还在聆听我听闻不到的其它歌曲。

日落时，新郎的父亲走近耶稣的母亲，低声说道：“我们已没有酒给客人喝了，可是婚筵尚未结束。”

耶稣听到他的低语，说道：“斟酒者知道酒仍然是充足的。”

果然，婚筵上好酒不断，客人们尽兴而饮，直到散席。

不久，耶稣开始向我们谈论。 他谈起天上地下的种种奇迹，谈起夜幕降临大地时盛开的空中之花，谈起白昼掩匿星辰时开放的大地之花。

他向我们讲述故事和寓言，他的声音令我们迷醉，我们端详着他，似乎见到幻象，竟忘记了婚筵上的杯盘。

我听着他的言论，仿佛自己置身于一片遥远而未知的土地。

后来，一位客人对我新郎的父亲说道：“你和别的主人不同，把最好的酒留在宴会的最后。”

大家都相信耶稣显了一桩奇迹；也都认为，他们就应该在婚筵的末了欢饮更多、更好的葡萄酒。

我也认为是耶稣添加了美酒，但我并不惊奇，因为在他的言谈里，我听出了许多奇迹。

以后，他的话语果真牢记在我的心里，我在生下第一个孩子后仍未忘怀。

直至今日，本村和邻近村庄的人们仍然记得我们贵客的话语。他们说：“拿撒勒人耶稣的精神，是最美最醇的葡萄酒。”

大马士革的波斯哲人

我不能预测这个人的命运，也不知他的门徒将有什么遭遇。

苹果核里的一粒种子乃是一片无形的果园；然而这粒种子一旦落在岩石上，却并不能生长出什么。

但我要说：以色列古代的神祇是苛刻又不仁慈的；以色列需要另一个神，他应该温和而宽容，他怜惜地俯视人们，随着太阳的射线下凡，行在他们的局限之道上，而不是永远高踞在审判席上称量他们的过错，计较他们的疏失。

以色列应该出现的神是无私无妒的，他对人们过失的记忆是简约的，他不会因前人的过失，而将报复远及第三、四代后人。

叙利亚这里的人正如所有人一样：他会在他的理解之镜中照影，从中发现自己的神性；他会按自己的喜好造就神，膜拜那反映自身形象的神。

事实上，人是在祈祷自己更深的渴望，希望它能高高升起，成全自己的全部愿望。

世间最深奥的莫过于人的心灵，心灵是幽深对自身的呼唤，因为心灵以外，再没有别的声音在言语，再没有别的耳朵在聆听。

我们波斯人，也看见自身的面孔在太阳的光盘中辉映，看见自己的身体在我们点燃于祭坛上的火焰里舞蹈[①]。

现在，耶稣称作“父”的神，不再被耶稣的民众视为生客，他将实现民众的愿望。

埃及的诸神已经撇弃了沉重的石担，逃到努比亚[②]沙漠，从那些

① 古波斯人信仰拜火教。参见下页注②：“琐罗亚斯德”。

② 努比亚，位于今埃及南部、苏丹北部一带。

依然不谙世事的人们中获得自由。

希腊、罗马的众神已经日薄西山，他们和人类过分相似，因而不能存活在人类的酣喜中；他们施展魔法的树丛，已被雅典人和亚历山大人砍刈。

同样，在这块土地上，那些高高在上的神坛，也被贝鲁特的律师和安提阿年轻的隐士们夷为平地。

只有年迈的妇女和衰弱的男子寻找祖先的神殿；唯有在穷途末路筋疲力竭的，才会缅寻路的起点。

然而这个耶稣，这个拿撒勒人，他谈论的上帝，因其博大而与任何人类的心灵并无二致，因其博闻而不屑于惩罚，因其博爱而不念他所造物的罪愆。这个拿撒勒人的上帝将逾越大地上所有孩子的门槛①，将在他们的炉前坐下，将在墙垣内为他们祝福，将照耀他们的道路。

但我的神是琐罗亚斯德②神，我的神是空中的太阳，地上的火焰，人胸中的光。我已心满意足，不需要别的神了。

① 据《旧约·出埃及记》，耶和华为惩罚不信神的埃及人，击杀了所有埃及人的长子和头生的牲畜，而越过了先在自家门上作了标记的以色列人家。犹太教的逾越节由此而得。

② 琐罗亚斯德，古波斯人，琐罗亚斯德教（我国古籍称为祆教、拜火教等）的创始人。该教认为火是善和光明的代表，故以礼拜“圣火”为主要仪式。

大卫，耶稣的门徒之一

一直到他不再出现在我们中间，我才明白了他的演讲和寓言的涵义。是的，直到他的言词以活生生的形象出现在我眼前，化为肉身在我的白昼行进时，我才深谙了那些涵义。

我要告诉你一件事：有一天夜里，我坐在家中埋头沉思，追忆着他的言行以记录成册。这时，三个盗贼闯入我家。虽然我知道他们要洗劫我的财物，但正在悉心思索的我，无暇对他们拔剑相向，甚至无暇向他们吆喝一声："干什么！"

我只是继续记录下对主的回忆。

盗贼们离去时，我想起他的话："谁要夺走你的外衣，就把你的另一件外衣也给他。"

我懂得了。

当我在案头记录他的言词，即使有人要夺走我的财物，也不能让我辍笔。

虽然我也会保护财物，保护自己，但我更知道哪些是最珍贵的财富。

路 加

耶稣对于伪君子深恶痛绝，他会像暴风雨一样鞭挞他们，像雷电一般呵斥他们，令他们胆战心惊。

他们出于畏惧而试图谋害他。如同黑洞里的鼹鼠，他们竭力要为他设置陷阱，然而耶稣没有中他们的圈套。

他对这些人一笑置之，因为他知道：精神，既非嘲讽所能贬损，也非陷阱所能加害。

他手中执有明镜，他从中看到，通往顶峰的道路上有惰逸者，跛行者，以及步履维艰、仆倒路旁的人们。

他怜悯这众人。他甚至还会扶托他们，背起他们的重担。确实，他会让他们的孱弱之躯倚靠在他强健的身上。

他不会对说谎者、偷盗者或刺客严加斥责，而对于脸上罩了面具、双手加了手套的伪君子，他却要大张挞伐。

我时常思索，为何他那颗心，会荫庇一切自荒原来寻圣殿的人们，却将伪君子拒之门外？

有一天，我们和他在石榴园中休息，我说：“主啊，你宽宥、安慰罪人，及所有荏弱、动摇的人们，唯独不饶恕伪君子。”

他说：“你把罪人和荏弱、动摇的人们并称，这很恰当。我确实宽恕体质荏弱、精神动摇的人们，因为他们的过失是从祖先承继，或由贪婪的邻居致使的。”

“然而我容忍不得伪君子。正是他，为诚实的、柔顺的人套上重轭。”

“荏弱者，即是你说的罪人，就好比是从巢中掉落的无羽的雏鸟；而伪君子，却好比踞在岩石上等待攫取死物的兀鹰。”

"荏弱者是在沙漠中迷途的人；而伪君子并非迷途，他明知道道路，却在风沙里狞笑着。"

"正因为如此，我拒绝收纳他。"

这是我主说的话，当初我并未理解，但我现在理解了。

后来，全域的伪君子联手捉拿了他，他们振振有辞地审判他，他们在公会①里援引了摩西的律法，并捏合了置他于死地的人证、物证。

那些在每一个黎明违犯律法，又在每一个黄昏再次违犯的人，把他杀害了。

① 公会，古犹太国的最高法院兼参议会。

马太[①]：登山宝训

在一个丰收日，耶稣邀我们和他的朋友们一起登山。那日，大地芳草菲菲，犹如婚筵上国王的公主一般，她戴上了所有的珠宝装饰自己，天空便是大地的新郎。

当我们到达山顶，耶稣在月桂树丛中肃立着，他说："在此休息吧！清静你们的思想，调谐你们的心弦，我有许多话要晓谕你们。"

于是我们在草丛中躺倒，周围盛开着夏日的花。耶稣坐在我们中央。

他说道：

"灵魂安宁的人有福了。"

"富贵不能淫的人有福了，因为他们是自由人。"

"记住苦难、并在苦难中等待欢乐的人有福了。"

"如饥似渴地追求真和美的人有福了，因为他们将得到面包充饥，清泉解渴。"

"仁慈的人有福了，因为他们的仁慈必将慰藉他们。"

"清心的人有福了，因为他们将和上帝同在。"

"怜恤的人有福了，因为他们命中将蒙怜恤。"

"使人和睦的人有福了，因为他们的灵魂将凌驾于兵戈之上，他们将把贫民的荒冢变为花园。"

"被人追逐的人有福了，因为他们将练就迅疾的足，并如添了翅翼一般高飞。"

"高兴吧，欢乐吧，因为你们已发现了心中的天国。往昔的歌手因为歌唱这天国而受逼迫，你们也要受逼迫，然而你们因此将得荣

---

① 马太，耶稣的十二使徒之一，是《马太福音》的作者。

耀和酬报。”

“你们是世上的盐，盐若失了味，人们心灵的食物哪来滋味呢?”

“你们是世上的光。不要把光点在斗底下，要让光在顶峰上闪耀，照亮那些寻求上帝之城的人们。”

“莫以为我要来废掉文士和法利赛人的律法，因为我在你们中间的日子屈指可数，我的言词也寥寥无几。我只有不多的时辰完成另一部法，启示新的契约。”

“你们曾得到吩咐，说：‘不可杀戮’；但我告诫你们：不可无端动怒。”

“你们承古人之训，将牛犊、羔羊、鸽子带到圣殿，并在祭坛上宰杀，以冀神会嗅食它们膏脂的味道，从而原谅你们的过失。”

“但我告诉你们：你们要把自初就属于上帝的给予上帝吗？你们是否想取悦上帝，而他的宝座，乃是凌于幽深之上；他的怀抱，乃包容了宇宙?”

“倒不如在寻找殿堂之前，寻访你们的兄弟，与他们和睦相处；倒不如向邻里献出爱心；因为上帝在他们的灵魂里建了永不损坏的殿堂，在他们的心里树起了永不倒坍的祭坛。”

“你们曾被告知：以眼还眼，以牙还牙。可是我要对你们说：不要抗拒罪恶，因为抗拒为罪恶提供了食粮，促使它更为强大。唯有弱者才会为自已复仇。强健的灵魂是宽恕的。宽恕，是受伤害人的荣誉。”

“只有果实累累的树，才被求食物者晃动或石掷。”

“不要太留意明日，倒不如着眼于今天，因为今天的奇迹已经够多了。”

“在施与的时候，不要念念不忘自我，而要想到受者的需求，因为每一个施者都从父那里大量地受取。”

“按照受者的需求施与，因为父不会把盐给予渴者，把石头给予饥者，把乳汁给予断奶的孩儿。”

“不要把圣物给狗，也不要把你们的珍珠丢在猪前。因为给猪狗这些礼物，等于嘲弄它们，它们也势必要嘲弄你们的礼物，并在憎恨之中毁害你们。”

“不要为自己积攒会蚀坏、会被盗走的财富；而要积攒不会蚀坏、不会被窃的财宝，这财宝因众多人目睹而愈发美妙。你们的财宝之所在，便是你们心之所在。”

“你们曾听人说，对刺客要用刀杀，对盗贼要施绞刑，对妓女要用石掷。但我告诉你们：对于刺客、盗贼、妓女的罪过，你们也不是无辜的；当他们的肉体受惩，你们的灵魂也黯淡了。”

“实在地说，没有一桩罪行是由一个男人或女人单独犯下的。所有罪行都由众人犯下。那受刑罚的，或许只击碎了束缚你们脚踝的链条之一环；也许，他是以自己的忧愁为你们的瞬息之乐偿付代价。”

耶稣说着这些，我真想跪下俯拜他，但羞怯之下我未能动弹，也未发一言。

但最终我开口了，说道：“此刻我想祈祷，但我笨口拙舌，请教导我们如何祈祷。”

耶稣答道：“在你祈祷时，让你的思念发出言词。此刻在我的思念里，要做如下祈祷：

我们在天地之间的父，你的名是神圣的，
让你的意愿和我们同在，如在天上一样。
为我们的今日提供足够的面包；
以你的怜爱宽宥我们，开导我们宽宥彼此；
引我们走向你，在黑暗里对我们伸出援手；
因为天国是你的，在你身上才有我们的力量和满足。”

现在已是傍晚，我们都随着耶稣走下山冈。走在耶稣身后，我重复着他的祷词，回忆着他的全部训示。我知道，今天像雪片一样飘落的言词，必将凝结，变得水晶一般坚固；那在我们头上鼓荡的翅翼，将如铁蹄一般击撼大地。

西庇太之子约翰[1]

你已经注意到我们中有人称耶稣为“基督”，有人称他为“道”[2]，男有人称呼他“拿撒勒人”，还有人称他为“人子”。

我来根据自己的理解解释这些名称的涵义。

“基督”，那自古便已存在的，是燃炽在人精神里的上帝的火焰，是访谒我们的生命之气息，他以和我们一样的肉身出现。

他是圣主的意愿。

他是最初的“道”，以我们的声音演说，在我们耳中存活，这样我们才会留意，解其真谛。

圣主——我们的上帝——的“道”，建起了一座骨肉之宇，成为你我一样的人。

因为我们听不见无形态的风之歌，看不到我们更大的自身在雾霭中漫步。

“基督”多次来到这世界，他去过许多地域，常常被人视为怪客和狂人。

然而他的声息从不降临在虚空里，因为人在记忆里保留着自己的心思不留意的事物。

这便是“基督”，最深奥与最崇高的，他和人类一同向着永恒前进。

你不曾听说过他吗，在印度的岔路口，在东方博士[3]的国度，在

---

① 约翰，耶稣的十二使徒之一，雅各的兄弟。

② 道，原文为 Word。《约翰福音》开篇云：“太初有道”（In the begining was the Word）。

③ 东方博士，指耶稣初生时从东方来朝拜他的三位贤人。

埃及的沙漠中？

这里，在你们的北国，你们的游吟诗人歌咏过盗火者普罗米修斯，他乃是人类实现了的梦想，乃是获得了自由的被羁之希望；你们的诗人也歌咏过俄耳甫斯[①]，他凭着歌喉和七弦琴，为人与畜的灵魂赋予了生命。

你们是否知道密特拉王[②]？知道波斯先知琐罗亚斯德？是他们从人类远古的睡眠中苏醒，在我们做着酣梦的床边伫立。

我们自身，当我们千年一回相聚在无形之殿中，也变成受膏的人[③]；于是便有一人以肉身脱颖而出，我们的沉寂随他的到来化为歌吟。

然而我们的耳朵并非总在聆听，我们的眼也不总在察视。

拿撒勒人耶稣和我们一样降生，得到养育；他的父母一如我们的父母。 他是人。

而“基督”，太初的“道”，那愿我们过更完全生活的“灵”，来临了耶稣，并与他同在。

“灵”是圣主娴熟的手指，耶稣是“他”弹拨的竖琴。

“灵”是圣诗，耶稣是吟诵圣诗的曲调。

拿撒勒人耶稣，是“基督”的东道和代言者，他和我们一同在阳光下行进，并把我们称作朋友。

那些日子里，加利利的山冈和谷地无处不闻他的声音。 我当时还年轻，我走了他的道路，跟随了他的足印。

我跟随他的足印，走他的道路，只为从加利利人耶稣口中听到“基督”的圣言。

现在你们想知道，为什么我们有人称他为“人子”。

他本人愿意别人这样称呼他，因为他深知人的饥渴，目睹过人寻觅他的“大我”。

---

① 俄耳甫斯，希腊神话中的歌手，擅长弹奏竖琴。

② 密特拉，印度—伊朗神话中的光明之神。

③ 受膏的人，古犹太有往人身上涂抹油膏，使其神圣化的宗教礼仪。

“人子”便是愿和我们全体同在的、大慈的“基督”。

他便是拿撒勒人耶稣，他要把他所有的兄弟领向那“受膏者”，领向自太初便与上帝同在的“道”。

在我的心房里，居住着加利利人耶稣，他是众人之上的人，是将我们都造就为诗人的诗人，是叩开我们门户的“灵”；他让我们醒觉、奋起，出户迎接赤裸的、无拘无束的真理。

迦百农的一位年轻祭司

他纯粹是个要把戏的，是一个巫师，用魔法和咒语蛊惑粗鄙小民。他歪曲了我们先知的言论，触迕了我们神圣的祖先。

呔！他还竟然让死者充他的证人，让无声的坟茔作他的前兆和证据。

他以蜘蛛获取飞虫的伎俩诈取耶路撒冷城郊的妇女，使她们陷入他的罗网。

妇女生性软弱，头脑空空，便跟从了此人，因为他惯用甜言蜜语宽解她们未酬的激情。若不是这些动摇不定、鬼迷心窍的女人，他的名字早已从人们记忆中消失。

那些追随他的男人又是哪些人呢？他们是被奴役、被践踏的一群。出于无知和畏惧，他们本不会抗命他们的合法主人；然而当他在自己虚幻的王国里为他们许下高位，他们便如陶匠手中的黏土一般听任他的摆布了。

你难道不知：在梦幻里，奴隶常常做了主人，弱者也会成为雄狮？

这个加利利人是巫师和骗子，他宽恕所有罪人的罪行，是为听他们肮脏的嘴向他欢呼“万福”、“和散那”；①他喂哺绝望和没落者萎靡的心神，是为让他们听从他的言论和命令。

他和别人一起违犯安息日的禁忌，是为笼络不法之徒的支持；他毁谤我们的大祭司，是为在公会里耸人听闻，以反抗博取名声。

我再三说过我仇恨此人。是啊，我恨他甚于恨统治我们国家的罗马人。连他的故乡拿撒勒，也曾被我们的先知诅咒过，是异教徒纠集的粪堆，绝不会出什么好东西。

---

① 万福、和散那，都是赞美神灵的用语。

拿撒勒附近的一位利未富人

他是个好木匠。他打造的门从未被盗贼撬开过；他制作的窗户随时可以敞开，让东风或西风吹进。

他用雪松木做的箱柜，又锃亮又耐用；他做的犁耙，又结实又好使。

他用金黄色的桑木，为教堂雕刻了讲经台。在摆放圣书的桌面两端，他刻了展开的翅膀；讲台下方，他刻了公牛和鸽子的头，以及大眼睛的鹿。

他是按迦勒底和希腊的风格进行雕琢的，然而他的手艺中还有不属于迦勒底和希腊的东西。

我现在的屋子是三十年之前由很多人建造的。我从加利利各地挑选出瓦匠和木工，他们每人都有一手好手艺，我对他们的所有活计都满意。

可是你来瞧瞧，这两道门和这扇窗是拿撒勒人耶稣打造的，它们这么牢固，让我家的其它器具相形见绌。

你看出这两道门和别的门不同了吗？这扇向东打开的窗户，是否也和别的窗户有别？

我屋里其它所有的门窗都已年久失修，只有他打造的这些，虽经历了风吹雨打却依然坚固如初。

瞧这些窗棂，安装得多么结实；再瞧这些钉子，从木板的一端钉入，如此密实地钉在另一端。

而值得称奇的是，这位理应得到双倍工钱的巧匠，却只收取了一份工资；又是这位巧匠，而今在以色列被视为先知。

如果当初我知道这位手持锯和刨子的青年是个先知，我就会请求他为我讲演，而不是做工，我还会为他的演讲而慷慨解囊。

现在，我依然雇着许多人在我家里和地里干活。我如何才能辨别谁是手持工具的匠人，谁又是上帝之手牵引的人呢？

是啊，我如何才能认出上帝之手呢？

黎巴嫩南方的一位牧人

我第一次见到他时正值夏末时节，他正和另外三人在远处的路上行走。天色已晚，他停下脚步，在草原尽头的路上站着。

我在吹着长笛，我的羊群在周围吃草。我见他停下脚步，便起身走过去，来到他面前。

他问我："以利亚①的坟墓在何处？难道不是在这周围吗？"

我答道："在那儿，先生，就在那一大堆石头下面。直到现在，每个过路人仍然会往石堆上添一块石头。"

他谢过了我，然后离去，他的朋友们也跟着走了。

三天以后，牧羊人迦玛利对我说，那个过路人是犹太的一位先知。我虽然不信，但一连几个月都想着他。

春天到来时，耶稣又一次路过这片草原，这回他独自一人。

这一天我没兴致吹笛，因为我丢失了一头羊。我很沮丧，心里闷闷不乐。

我向他走去，在他面前默默站住，我想得到他的安慰。

他看我一眼，说："你今天不吹笛了，你为何眼露愁容呢？"

我答道："我的羊群少了一头羊，四处找遍了也没找到，我不知该怎么办。"

他沉默了片刻，然后笑着对我说："在此稍等一会儿，我去找回你的羊。"说完他便走开，消失在山里。

一个时辰以后他回来了，我那头羊在他身边紧跟着。当他在我面前站住，那头羊打量着他的脸，那神色和我看他时的神色一样。我高兴地抱住了羊。

---

① 以利亚，以色列古代先知。

他把手放在我肩上，说道：“从今以后，你要分外地爱这头羊，因为它是失而复得的。”

我又一次高兴地抱住羊，羊儿依偎着我，我没有说话。

当我抬起头感谢耶稣时，他已经走远了，我却没有勇气跟随他去。

施洗约翰[1]：致一位弟子

只要耶稣的声音还在疆场上传颂，我在这污浊的穴中就不会沉寂；只要他享有自由，我便不会被人把持、羁勒。

人们告诉我：毒蛇们正在他的腰间盘绕。但我回答说："毒蛇只会激起他的力量，必将被他用足踵碾死。"

我只是他电闪之前的雷鸣；虽然我先开口，但他道出的才是真谛与宗旨。

敌人未作警告便擒获了我。或许，他们也会加害于他。而在此之前，他会把他的道悉数传播，他必将征服他们。

他的战车将会从他们身上碾过，他战马的坚蹄将在他们身上践踏，他必将为胜者。

他们将手持剑与矛出阵，而他将凭着精神之力迎战。

他的鲜血将浸润大地；但他们将蒙受屈辱，并为之痛苦。他们将在自己的泪水里受洗，直到他们的罪恶被洗涤干净。

他们的大军将举着铁槌袭击他的城邦，但中途他们会淹没在约旦河中。

他的城垣与高塔将更高地矗立，他的战士们手持的盾，将在阳光下更加闪亮。

他们说我是他的盟友，说我们旨在唆使民众奋起反抗犹太王国。

我回答，愿我能以火焰为言词。倘若他们把这邪恶的渊薮称为王国，那就让它崩溃、化为烟云吧！让它重蹈所多玛与蛾摩拉[2]的覆

---

① 施洗约翰最后被希律王杀害。参见前文"称作彼得的西门"一章注。

② 所多玛与蛾摩拉，据《创世纪》记载，这两城为坏人营聚之处，后被上帝降天火毁灭。

辙，让这个民族被上帝遗忘，让这片土地化为灰烬！

噫！在这囹圄的坚壁之外，我确是拿撒勒人耶稣的盟友，他将统领我麾下的车马将士。而我自己，虽然也是一名大将，却连为他解鞋带都不配。

到他那儿去，重复我的话，并以我的名义求他的安慰与祝福！

我在此不会长久。夜晚，在每个梦醒时分，我听到齐整的脚步在我身上缓慢踏过；当我侧耳倾听，我听到雨点敲打着我的坟头。

去到耶稣那儿，转告他：凯德伦人约翰曾被幽灵萦绕的魂魄已经摆脱了幽灵，他在为你祷告，虽然掘墓人还在一旁站立，而刽子手正伸手领取酬金。

亚利马太人约瑟[1]

你们想知道耶稣的首要目标是什么，我很愿意告诉你们；只是谁也无法用手指触及受祝福的葡萄树的生命，或看到滋养树枝的树液。

虽然我吃过那葡萄，品尝过酒坊里流出的新酒，但我无法把一切都告诉你们。

我只能讲述一些我对他的认识。

我们的主，那被爱的，只生活了三个先知时节：他的歌乐之春，他的酣喜之夏，他的激情之秋。 每个时节便是一千年。

他的歌乐之春是在加利利度过的。 正是在那里，他将他的爱者聚集在身边；正是在那蓝色的湖之畔，他首次谈到父，谈到我们的解放与自由。

在加利利湖畔，我们牺牲了自我，却发现了通往父的路。 哦，这小小的牺牲竟换来了如此巨大的收获！

在那里，天使们在我们耳际歌唱，嘱咐我们离弃荒地，前往我们心仪的花园。

他谈起田野和绿色的草原，谈起黎巴嫩逶迤的山坡，那里盛开的白色百合，对从山谷招摇而过扬起飞尘的商队不屑一顾。

他谈到在阳光下微笑、将芬芳献给拂面的惠风的野玫瑰。

他还说："百合花和野玫瑰只存活一日，但这一日，却是在自由中度过的永生。"

有一天傍晚，我们在小溪旁坐着，他说："看这溪流，倾听它的潺潺之乐。 它将永远追踪大海，虽然如此，它也在每一个正午吟唱自己的奥秘。"

① 约瑟，耶稣的门徒之一，是亚利马太的财主。

“愿你们如小溪追踪大海一般追寻你们的父。”

而后来临的是他的酣喜之夏，我们沐浴在他的爱的六月里。这个时节，他只谈及别人——邻里、同路人、陌生人及我们孩提时代游戏的伙伴。

他谈及了从东方去往埃及的旅人，谈及了黄昏赶着耕牛回家的农夫，谈及了薄暮里来到我们家门口的不速之客。

他总说：“你的邻里是你见着面却不认识的自身，他的脸将在你的静水中映现，你若对水凝视，会从中看到自己的面容。”

“倘若你在夜间侧耳谛听，你会听到邻里的话语，他的言词将是你自己心田的搏动。”

“你希望他怎么待你，你就去怎么待他。”

“这便是我的法则，我愿晓谕你，以及你的孩子们，他们还将传给他们的子孙，就这样世代相传，直到地老天荒。”

另一天他说：“你不会单独地成为你自己。你存在于别人的行动中；别人尽管无意，却是在所有日子里都和你同在。”

“他们犯下的每一桩罪行，都有你的手和他们的手相携。”

“他们不会跌仆，除非你也一起跌仆；他们不会站起，除非你随他们一同站起。”

“他们通往圣殿的大道也是你的大道；他们走向废墟时，你也与他们同往。”

“你和你的邻里是播在地里的两颗种子，你们一起成长，一起要在风中摇曳，你们谁也不会自称独有这片土地，因为正在成长的种子并不以自己的欢乐自诩。”

“今天我与你同在。明日我将西行，而在我行前，我告诫你：你的邻里是见着面却不认识的自身。怀着爱去寻访他吧，这样你们会认识自己，因为只有在这了解中，你们才成为我的兄弟。”

然后，他的激情之秋来临了。

他向我们谈论自由，这是他于歌乐之春在加利利谈论过的。但这次，他要求我们更深刻地理解他的言词。

他说树叶只在被风吹动时才会歌唱，说人是白日的救助天使满斟的杯盏，用以消解别的天使的干渴，无论这杯盏是满盈或空空，它都将晶莹透明地置在“至高者”的筵上。

他说：“你们是杯盏，你们是酒酿，将你们自己饮尽吧！或者将我纪念，你们将在纪念中得到满足。”

我们往南方赶路时，他说：“耶路撒冷虽然正在顶峰傲然而立，但必将堕落到杰汗纳姆[1]黑谷的深处，在它的荒墟之中，我将孑然独立。”

“那里的庙宇将化为灰尘，在庙宇的门廊周围，你将听到寡妇和孤儿的哭号，匆匆逃亡的男人将连兄弟的面孔也不认识，因为所有人都惊恐万状。”

“但即使在此境地，你们中若有两人相聚，念诵我的名字，并向西凝望，你们会见到我，我的这些言词就会再临你们耳际。”

当我们到达伯大尼山，他说：“让我们去耶路撒冷，这座城在等候我们，我将骑着马驹进城门，我将对众人宣讲。”

“许多人想要缚住我，许多人想熄灭我的火焰，但从我的死亡中，你们会发现永生，你们将成为自由人。”

“他们要追击我的气息，这气息在心灵与思绪之间萦回，犹如燕子往返于田野与巢穴之间；但我的气息已经摆脱了他们，他们绝不会征服我。”

“我父在我周围建起的墙垣永不会倒坍，他圣化的土地永不会遭受玷污。”

“当黎明来临，旭日将为我加冕，我将和你们一道面对白昼，那白昼将是永昼，世上再不会呈现暮色。”

“文士和法利赛人说大地渴饮我的鲜血，我将以我血来消解大地的干涸。 但我的滴血，将润发出橡树和枫树，东风还会将树种携往他乡。”

---

① 杰汗纳姆，阿拉伯语，意为地狱、火狱。

他又说道：“犹太将出现一位君王，犹太国将出阵迎战罗马的大军。”

“我不会做犹太的君王。因为锡安①的王冠是为较小的前额而铸的，所罗门的指环也戴不进我的手指。”

“看看我的手吧。难道你们没发现它是何其孔武有力，以至不屑于攥握一柄权杖，或挥舞一把寻常的宝剑？”

“不，我不会鼓动叙利亚的生灵抗拒罗马人。但你们将以我的言词唤醒这城邦，我的精神将对她的第二个黎明宣讲。”

“我的言词将是一支拥有军马、战车的无形的大军。不必用战斧与长矛，我定将战胜耶路撒冷和祭司的罗马的皇帝。”

“我不会坐在奴隶统治奴隶时坐的宝座上，也不会同意大利的子孙抗争。”

“但我将成为吹掠他们天空的飓风，成为在他们灵魂里吟唱的歌曲。”

“我将被人们纪念。”

“他们将称我为受膏的耶稣。”

这些话语，是耶稣在未进耶路撒冷城之前，在城外说的。

他的话语像用刀镌一样，被人们铭记在心。

① 锡安，是耶路撒冷的一座山，古犹太人曾以此作为政治和宗教的中心。亦译郇山。

拿但业①

他们说拿撒勒人耶稣是卑微而柔弱的。

他们说他虽然正直而公道，但却是个懦夫，常常受强人武夫的欺凌。还说当他站在权贵面前，不过是猛狮面前的一只羊羔。

但我却要说，耶稣自有超凌众人的威权。他深知自己的威力，在加利利山中，在犹太和腓尼基的城邦里，他显示过自己的力量。

哪一位屈从而软弱的人胆敢说出：“我便是生命，我便是通往真理的道路？”

哪一位柔弱而低贱的人会说：“我在我们的父上帝之中，我们的父——上帝也在我心中？”

哪一位不深知自己力量的人会说：“不信我的人，也就是不信此生和永生？”

哪一位对明日没有信心的人会宣称：“在我的言词消失之前。你们的世界必先销匿，如灰飞烟灭？”

如果他怀疑自己，当人们拿妓女令他难堪时，他会这样呵斥：“谁没有一点罪过，就上来掷石好了？”

倘若他畏惧官府，他会把祭司许可的兑钱商赶出圣殿的大院？

倘若他的翅翼曾被斫剪，他会大声呐喊：“我的王国凌驾于你们地上的万国之上？”

倘若他以言词庇护自己，他会一而再地重申：“毁掉这庙宇，我将于三天之内将它重建？”

倘若他是懦夫，他会在权贵面前挥动手臂，痛斥他们是“虚伪、低贱、肮脏与堕落之徒”？

① 拿但业，耶稣的门徒之一。

那勇于对犹太的统治者如此直言的人，能被视为柔弱而卑微吗?

不，兀鹰不会在垂柳上为自己筑巢，雄狮也不会在蕨草丛中选定狮窟。

每当我听到那些懦夫，为了替自己的怯懦辩护，而声称耶稣卑微而柔弱；每当我听到被践踏的可怜虫，为了找到同病相怜人作安慰，胡说耶稣是他们身边闪着荧光的虫豸；每当我听到这些，我就要作呕，我的五脏六腑就要翻搅。

唉，我为这类人而作呕！我要颂扬的是那全能的猎手，和那不可征服、伟岸如山的精神。

安提阿的沙巴

这一天，我听到大数人扫罗①对城里的犹太人宣传基督。

他现在称呼自己保罗、赴外邦传道的使徒。我年轻时就认识他。那时候，他迫害那个拿撒勒人的朋友。我仍清楚地记得，当他的同伙用石头砸那位风华正茂的青年司提反②时，他是多么洋洋得意。

这位保罗确是个怪人，他的灵魂不是一个自由人的灵魂。

有时候，他似乎像林中的猎物，受了伤而被人追猎，正在寻找藏身的洞穴，对外界隐瞒起自己的痛苦。

他不谈耶稣，也不重述耶稣的言论，他布讲的是古先知曾预言过的弥赛亚③。

他自己虽是个博学的犹太人，但他用希腊语向他的犹太同胞演讲，他讲希腊语结结巴巴，措辞也多有不当。

但他有股隐秘的力量，颇得周围听众的好感。有时，他能让他们确信他自己并不确信的道理。

我们这些了解耶稣并听过他讲演的人认为，耶稣教导人如何砸碎束缚自身的锁链，从而从昨天解放出来。

但保罗却为明天的人制造锁链，他以自己也不明白的某个名义，挥动自己的锤子锤击铁砧。

---

① 扫罗，有罗马国籍的犹太人，出生在小亚细亚的大数(Tarsus)，最初曾迫害基督徒，后皈依基督，并改名为保罗(Paul)，开创了基督教外邦传教的事业。

② 司提反，基督教历史上第一位殉道者，他被用石头砸死时，扫罗曾在场，并“喜悦他被害”。

③ 弥赛亚，古犹太人所期待的救世主。

拿撒勒人要我们怀着激情和喜悦度过此时；这个大数人则要我们念念不忘古籍中记载的法律。

耶稣将自己的气息传给无气息的死者；我在孤独的夜晚相信并理解这奇迹。

当他就座餐席，他讲述的故事给就餐者带来快乐，他的喜悦为他们的饮食添了美味。

但保罗却要规定我们的膳食和杯盏。

现在请让我把眼光转向别处吧！

莎乐美[①]对一位女友唱的歌

他像阳光下闪光的白杨，
像孤独群山中的一泊湖水，
在阳光下闪着波光；
又如山巅的白雪，
在阳光下如此洁白晶亮。

噢，他和这一切相像。
我爱上了他。
但我害怕见他的容貌，
我的双腿载不动我爱情的重负，
我不能用双臂拥抱他的腿脚。
我想对他诉说：
“我在一时冲动下杀害了你的朋友，
你是否会宽恕我的罪过？
你是否会怀着怜悯，
从我愚妄之举中解脱我的青春，
让她藉你的光明前行？”

我知道他会原谅我的舞蹈，
因这舞蹈他朋友掉了圣洁的头颅；
我知道他会把我视为听众，

① 莎乐美，希律王的侄女，因受母亲希罗底唆使，以跳舞取悦希律王，让他斩了施洗约翰的头。《圣经》中未提此名，但在西方文化传统中颇有名。

倾听他的施教与布道；
因为没有他无法跨越的饥饿之谷，
也没有他不能穿行的干涸之漠。

噢，他有如挺拔的杨树，
有如山中的湖泊，
有如黎巴嫩的积雪，
我愿用他的衣褶清凉我的热唇。

然而他离我遥远，
我已经羞愧难当。
每当我意欲前往寻他，
母亲就要把我拽回。

他每次路过，我便渴念起他的英姿，
但母亲会轻蔑地皱起眉头，
匆匆地把我从窗口拉回，
让我回到自己的闺房。
她还要亮着嗓门大叫：
“他不就是沙漠飞来的又一只蝗虫吗？”

“他不就是一个嘲笑者，一个叛徒，
一个犯上作乱的煽动者，
意在夺取我们的权杖和桂冠？
不正是他唆使可咒之邦的狐狸与胡狼，
在我们宫殿里嗥叫，又抢坐我们的宝座？
从今后躲起你的面孔，
直到有一天他脑袋落下，
却不是落在你的盘中。”

我母亲说了这些话语，
我心里却没记住她的片言。
我暗暗地爱上了他，
我的睡梦里燃烧着火焰。

而今他已远去，
我身上有样东西也已远去，
或许那是我的青春，
不愿在此间再作滞留，
因为青春的神灵已遭杀戮。

拉结，一位女使徒

我常常疑惑：耶稣到底是和我们一样有着血肉之躯的人呢，还是大脑中一个无形体的思想，或是莅临人之幻象的一个观念?

我常常感觉，他是在一场比睡眠更深的酣睡中，在一个比所有的黎明更静谧的黎明时，无数的男男女女同时梦见的一个梦幻。

我觉得：我们在相互之间讲述梦境时，就开始把它当成了确有其事的现实；我们在赋予梦境我们幻想的形体，我们期望的声音时，也把梦变成了和我们自己一样的材料。

然而事实上他又并非梦幻。我们认识了他三年，我们在正午的高潮时分睁眼目睹过他。

我们触摸过他的双手，跟随过他辗转各地。我们听过他的演说，见证过他的事迹。你会以为我们只是追寻更高思想的一个思想，或是幻梦之域中的一个幻梦吗?

伟大的事迹在我们的日常生活中总显得格格不入，虽然其本质或许扎根在我们的天性里；这事迹尽管来去匆匆，却会天长日久，世代相传。

拿撒勒人耶稣本身就是大奇迹。这位我们认识其父母兄弟的男子，本人便是行在犹太的一件神迹。是的，所有他自己创造的奇迹若摆在他的足边，连他脚踝的高度都不能到达。

奔流万古的条条江河，也带不走我们对他的怀念。

他是在夜间燃炽的山峦，又是远山闪烁的柔和的光芒；他是空中的一股飓风，又是破晓时雾霭中的一句微语。

他是山巅冲下平原的湍流，荡涤着阻挡其道的万物；他又如同孩童的欢笑一般柔顺。

每年我都在等待春天光临这个山谷，等待百合花和仙客来的盛开，但每年我都愁绪满怀；我一直在盼望与春天齐欢共乐，但我总不能遂愿。

而当耶稣来临我的时节，他带来了真正的春天，带来了未来所有岁月的允诺。他使我内心充满欢乐，我像紫罗兰一样，羞怯地，在他的光辉照耀下成长。

而今，那尚不属于我们的世界的时序变迁，绝不会把他的美从我们这个世界上抹去。

不，耶稣不是一个幻像，不是诗人的一个臆念。他是和你我相像的人，但这仅仅是对视觉、触觉、听觉而言，在其它所有方面他又和我们迥异。

他是快乐的人。在快乐之路上，他结交万众的忧愁，从他忧愁的顶峰上，他又俯视众生的欢乐。

他洞彻我们见不到的景象，聆听我们听不见的声息；他似乎对看不见的群众宣讲，还常常通过我们，向未降生的民众论说。

耶稣常常是孤独的。他在我们中间，又不和我们为一体。他在大地上，但又属于天空。我们只有在孤独中才能拜谒他的孤独之邦。

他温婉地爱着我们。他的心是榨酒坊，你我可以走近用杯盏舀饮。

耶稣身上有一件事曾让我总不得其解：他愿和听众戏谑，乐意开玩笑，说说俏皮话；即使当他的眼光中有远虑、话音里有忧愁时，他也会开怀大笑。但现在我理解了。

我总把大地当作怀着头胎儿的女人。当耶稣降生，他便是那初生的婴儿；当他死去，他是死去的第一人。

难道你没有察觉：在那个黑暗的星期五[1]，大地变得凝滞了，诸天却在鏖战？

难道你没有觉到：当他的脸从我们的视线消失，我们似乎只成了雾霭中的记忆？

① 耶稣在复活节前的星期五遇害，此日亦称耶稣受难日。

贝特隆的革流巴[①]

当耶稣说话时，全世界都肃静着聆听。他的话语并非以我们的耳朵为对象，而是以上帝创造大地用的元素为对象。

他向着大海倾谈，大海是生养我们的博大的母亲；他向着高山倾谈，高山是我们的兄长，山巅是一个许下的诺象。

他对着凌驾于大海与高山之上的天使倾谈，远在我们身上的黏土在阳光下变得干涸之前，我们就曾托梦于这些天使。

他的话语有如一支被遗忘了半阕的情歌，依然在我们胸中蛰伏，有时却又燃烧着自己，闪耀在我们的记忆里。

他的话语朴素而又欢快，他的声音有如干涸之地流淌的清泉。

有一次他举手伸向天空，他的手指犹如榕树枝一般，他高声而语："古代的先知们曾对你们宣讲，你们耳里充斥着他们的言论。然而我告诫你们：把听到的一切从你们耳朵里除去。"

"然而我告诫你们"这几个字眼，不是发自我们尘世间人类的口中，而是由行进在犹太上空的六翼天使[②]之军宣告。

他几次三番引述律法及先知之言论，然后他会说："然而我告诫你们。"

哦，这是何等炽热的字眼，何等汹涌、又未被我们思想之岸陆认识的海涛！——"然而我告诫你们"。

这是何等璀璨的星辰在探照灵魂的黑暗，何等警觉的不眠之魂在

① 革流巴，耶稣的一位信徒，曾见过复活后的耶稣。

② 六翼天使，基督教传说中级别最高的天使。

等待黎明！

谁要谈论耶稣的演讲，就要洞晓他的演讲或其回声中的真谛。

而我并未洞晓他的演讲或其回声中的真谛。

请原谅我谈起了一个我无法作结尾的故事。那结尾尚未挂在我的唇间，而依然是风中的一首爱之歌。

格拉森的乃幔，司提反的朋友

他的使徒们离散了。他在就义之前，为使徒们留下了痛苦之遗产。他们像田野上的鹿和狐狸一样被追猎着，而猎手的箭囊里满装着箭矢。

而当他们被擒拿、被杀身之时，他们又是欢悦的。他们的脸像婚筵上新郎的脸一样泛着红光，因为耶稣也为他们留下了欢乐之遗产。

我有个来自北国的朋友，名叫司提反。他因为宣称耶稣是上帝之子，而被带到街头，受石掷的刑罚。

司提反倒地时张开双臂，仿佛要像他的主那样死去。他张开的双臂就像随时待飞的翅膀一样。当他眼中最后一丝微光褪去的时候，我亲眼见到他嘴上露出了微笑。这微笑就像冬天将尽时吹过的气息，带来了春天的诺言与信誓。

司提反仿佛在说："如果我将去另一个世界，那里的人们要将我带到另一处街头用石头掷我，我依然要布讲他的道，为了他曾拥有、我现在也已拥有的真理的缘故。"

我还注意到有个人站在旁边，高兴地看着司提反被石掷的场面。

他便是大数人扫罗，正是他把司提反交给了祭司和罗马人，让他遭受石掷的刑罚。

扫罗是个秃头，五短身材，耷拉着肩膀，五官搭配得很不协调。我不喜欢此人。

听说如今他正在屋顶上宣讲耶稣，这让人难以置信。

但坟墓不能阻挡耶稣走进敌营，制服并俘虏他的反对者。

我依然不喜欢这位大数人，虽然人们说司提反死后，扫罗在去大马士革的路上被制服，皈依了正道。可是他脑力有余而诚意不足，不会是一位真正的信徒。

然而，我也许判断有误。我是常常出错的。

多　马①

我的做律师的祖父曾经说过：“让我们服膺真理，但只是当真理昭然若揭时。”

当耶稣召唤我时，我留心听他，因为他强有力的命令左右了我的意愿。但我依然保留己见。

当他谈话、而别的听众似风中的树枝一般为之摇曳时，我不动声色地听着。但我爱他。

三年以前，他离我们而去。我们这群离散之人仍然颂唱着他的名字，在各个国家做他的证人。

那时候我被称作“怀疑者多马”，祖父的阴影仍然笼罩在我身上，我总想把真理辨别分明。

我甚至要把手放在自己的伤口上感觉血流，然后才相信我的痛感。

心里怀着爱、思想上却存有疑虑的人，就像是帆船上雇用的奴隶一样：他在船桨旁睡着，梦见自己得到自由，直到主人的鞭打把他惊醒。

我自己便是这样的奴隶，我梦见了自由，但祖父的瞌睡仍留在我身上。我的肉体需要我自己日子的鞭打。

即使是拿撒勒人在场，我也曾闭上眼睛，想象自己的手被束在船桨上。

怀疑是一种太孤独的痛苦，殊不知信仰乃是它的孪生兄弟。

---

① 多马，耶稣的十二使徒之一，曾不信耶稣的复活，后耶稣让他触摸自己，始信。

怀疑是一个不幸迷途的弃儿，尽管它的生身之母总会发现它、拥抱它，它仍然心怀恐惧，畏缩不前。

怀疑只有在伤口治愈、弥合时才会认识真理。

我对耶稣抱着怀疑，直到他把自己向我明白展现，并让我的手探入他的伤口里。此后我真信了。我终于从我的昨日中、从我先辈的昨日中脱身出来。

我身内的死物埋葬了自己，那存活的将为受油膏的君王，为那位人子而活着。

昨天，人们说我应该远行，对波斯人和印度人布讲他的名字。

我将远行。自今日直至我的末日，在所有的黎明与黄昏，我都将见到我的主威严而立，我将聆听他的言词。

逻辑学家爱尔马丹

你要我谈拿撒勒人耶稣，我要谈得很多，只是时候未到。不过我现在说的全都属实，因为一切话语，若不能揭示事实的真相，全都毫无价值。

他是个不法之徒，反抗一切秩序；他是个乞丐，反对拥有一切财产；他是个醉汉，只有和无赖与落难人相处时才快活。

他不是值得犹太国引以为豪的儿子，也不是受罗马帝国保护的公民，因而他藐视犹太国和罗马帝国。

他愿像空中的飞禽一样自由自在、玩世不恭地生活；所以，猎手们用箭把他射落在地。

没有人能在撞倒昨日之塔后不被塌下的石头砸坏。

没有人能打开祖先的洪水之闸而不被淹没。这便是法律。因为这个拿撒勒人触犯了法律，他和他那些没有头脑的追随者才会毁灭。

还有许多人像他一样，想要改变我们的命运。结果他们自己反被改变了，他们是输家。

城墙旁边长着一棵不结果的葡萄藤，它沿着石墙向上攀缘。如果这棵葡萄藤在心里这么说：“凭我的气力和分量我要摧毁这些城墙”，其它植物将会如何感想？它们肯定会嘲笑它的愚妄。

先生，对这位汉子和他那些受骗上当的徒弟们，我只能表示嘲笑。

一位叫马利亚的女子

他的头总是高昂着。 他的眼里闪着上帝的灵光。

他往往是忧郁的，但他的忧郁是展现给苦痛者的怜爱，是给予孤独者的慰藉。

当他微笑，他的笑容犹如探求未知事物的人们的渴望，又像飘落在孩童眼帘上的星之尘，还似喉咙中的一块面包。

他是忧郁的，但他的忧郁会升到唇边化为微笑。

他的忧郁犹如秋天来临世界时林间的金色之幔，有时又如照在湖畔的月光。

他微笑时，他的双唇仿佛要在婚筵上吟唱。

但他是忧郁的，他的忧郁，是生长着翅膀而不愿翱翔于同伴之上的人们的忧郁。

希腊诗人罗马诺斯

他是一位诗人。他替我们的眼睛观察，为我们的耳朵听闻。我们无声的话语挂在他的唇上，他的手指能触摸我们感觉不到的事物。

无数会唱歌的鸟儿从他心头飞出，有的南飞，有的北翔。开遍山麓的小花，也令去往天国途中的他驻足观赏。

我常常见他弯下身子，抚弄地里的草叶，我心里听到他在低语："绿色的小生灵，在我的王国里，你将和贝桑的橡树、黎巴嫩的雪杉一样与我同在。"

他爱一切美丽之物，爱孩子们怯生生的脸庞，也爱来自南方的没药和乳香。

他喜欢别人友好地送给他的一只石榴，或一杯葡萄酒，不管这礼物来自旅店的生客，或是富绰的主人。

他喜爱杏花。我曾见他满把地采撷杏花，然后把花瓣覆在脸上。他乐意怀着爱心，拥抱着天下所有的花木。

他深知大海与天空的奥秘。他谈到珍珠，但那珍珠的光泽不是尘世的光泽；他说起星辰，但那星辰闪烁在我们的夜空之外。

他如兀鹰一般熟谙群山，如山涧溪流一般熟悉河谷。他的静默中乃有大漠的旷僻，他的言谈里乃有花园的芬芳。

哦，他是一位心灵寄寓在高不可攀的亭阁中的诗人，他的歌虽是为我们而唱，但也为别人而唱，为生命永远是青春、时间永远是黎明的他乡的人们而唱。

我曾经自视为诗人。但当我在伯大尼站到他的面前，我理解了

拨弄单弦琴的乐手，在精通所有乐器的大师面前的感受；因为在他的歌声里，有雷电的大笑、霖雨的涕泪，有树木在风中的欢舞。

自从我知道我的竖琴只有单弦，我的歌声既不录载昨日的记忆，也不编织明日的希望，我便搁起了竖琴，我将保持缄默。 但在薄暮时分，我会侧起耳朵，聆听诗人中至高者的吟唱。

利未，一位使徒

有一天傍晚，他路过我家门，我的精神为之振奋。

他对我说："来吧，利未，请跟我走。"

我便在这一天跟从了他。

次日傍晚，我请求他去我家做客。他和朋友们走进我家门槛，向我和妻儿一一祝福。

我还邀了其他客人，他们是税吏和学究，他们对耶稣心怀敌意。

我们在筵席坐定，一位税吏便责问耶稣："你和你的门徒违背法律，在安息日生火[①]，这是真的吗？"

耶稣回答说："我们确实在安息日生火，我们愿让安息日燃烧起来，愿用火炬焚毁所有岁月干枯的残枝。"

另一位税吏又说："我们还听说你和下流人一起在旅店喝酒。"

耶稣答道："确实，这些人我们也要安慰。我们来到此地，难道只为和你们中失却了王冠和宝履的人分享饮食吗？"

"那未生羽毛，却大胆搏击狂风者微乎其微；而羽翼健全，又厮守着巢穴的却比比皆是。"

"那迟缓的和迅捷的，我们都将用喙喂育。"

又一位税吏讯问："有人说你要庇护耶路撒冷的妓女，是否我听错了？"

这时，我看到耶稣的表情犹如黎巴嫩高耸的岩石。他答道："这也属实。在清算日里，这些女子将在我父的宝座前站起，她们将被自己的眼泪洗净。而你们，却要被自己独断的锁链缚倒。"

"巴比伦不是被妓女们毁灭的；巴比伦之所以灰飞烟灭，是为了

① 安息日，即犹太教的星期六，是法定的圣日和休息日。

不让城里的伪君子们，再目睹白昼的光明。”

其他几位税吏也想诘问他，但我示意他们住嘴。我知道耶稣会驳倒他们，但他们也是我的客人，我不愿他们蒙羞受辱。

到了半夜，税吏们离开我家，悻悻而去。

这时我闭上眼睛，我似乎在恍惚中看到：七位身披白衣的女子正站在耶稣周围，她们的双臂在胸前合抱着，头低垂着。我定睛细瞧这轻雾般的梦境，看清楚其中一位女子的面孔，正在我晦暝的幻觉中发光。

这是耶路撒冷一位妓女的面孔。

然后我睁开眼，看到他正对我和席间未走的客人微笑。

我又闭上眼，借着一道亮光，我这回看见七位身着白衣的男子在耶稣周围站立，我看清楚其中一人的面孔。

这是后来被钉在耶稣右边十字架上的小偷的面孔。

又过了些时辰，耶稣和他的伙伴们离开我家，告辞上路。

加利利的一位寡妇

我儿子是我的心肝，我的独子。 他在我们自家的地里种田，要不是听了那名叫耶稣的人在众人前的演说，他一直对生活心满意足。

后来我儿子突然变了，他的魂灵似乎被一个陌生而有害的魂灵附上了。

他丢下了农田和花园，连我也弃之不理。 他变成了一个无用之人，一个大路上的浪子。

这个拿撒勒人是个恶人。 哪一个善良人，会把儿子和母亲分开呢?

儿子对我说的最后的话是：“我要和他的一位使徒一道去北国。我的生命建立在拿撒勒人之上。 是你生育了我，所以我感激你。 但我必须走了。 我这不就把我们家的良田，和所有的金银财宝全留给你了吗? 我只带走这一身衣服和一根木杖。”

我儿子说了这些，就和我分手了。

现在，罗马人和祭司们抓住了耶稣，把他钉死了。 他们干得很好。

一个让母子分离的人不能算是敬神者。

一个把我们的孩子送往外邦城邑的人不能做我们的朋友。

我知道儿子不会再回来了，我从他眼神里能看出来。 所以我憎恨这拿撒勒人耶稣，是他，让我一人独守着这未耕的田地、这荒芜的花园。

我还憎恨所有颂扬他的人。

前不久，人们告诉我耶稣曾说过：“那些听从我的话并跟随我的人，便是我的父母兄弟。”

做儿子的为什么要离开母亲，追随他的足迹呢？

儿子为什么会忘记我的胸乳，去饮他未曾尝过的泉水？为什么会抛开我温暖的怀抱，要去那寒冷又不友好的北方？

唉，我恨这拿撒勒人，我要恨他一辈子，因为他夺走了我的心肝，我的独子。

耶稣的堂弟犹大[①]

八月的一个夜晚，我们和我们的主一起在湖畔不远的一块荒地上，古人称这块荒地为“髑髅地”。

耶稣躺在草地上，注视着群星。

突然，有两个人上气不接下气地向我们跑来，他们看来极度悲痛，他们在耶稣面前俯伏下来。

耶稣站起，问道：“你们从哪里来?”

其中一人答道：“从马切罗斯来。”

耶稣不安地看着他，又问：“约翰怎么样?”

那人回答：“他今天被杀害了。他在狱中被砍了头。”

耶稣抬起头，独自往前踱了几步，过了一会儿又站到我们中间。

他说：“国王本来早就能杀害先知了，既然他试图博得臣民的欢心。以往的君王把先知的头颅赐给猎取人头者时，动作更为迅速。”

“我不是为约翰忧伤。我倒是为准许用刀砍头的希律王忧伤。可怜的君王，就像一头被人套上鼻圈、用绳牵着的动物一样。”

“可怜而渺小的诸侯！他们迷失在自己的昏聩中，踉跄着，跌仆着。在腐浊的海水里，除了死鱼，你还指望得到什么呢?”

“我并不仇恨君王，让他们统治众人好了，条件是他们比众人更富智慧。”

说到这里，主看了看两人忧戚的神色，又看着我们，继续说道：“约翰是负着伤出生的，他伤口的鲜血和他的言词一起迸发。他虽有自由，但尚未摆脱自身的羁绊；他富有耐心，但只能容忍正直公道的

① 这里的犹大不是出卖耶稣的加略人犹大。

人们。”

“实际上，他是回荡在聋人之邦的呐喊声。我爱他的苦痛，爱他的孤寂。”

“我爱他高傲地将头伸向刀剑，而后才任它葬入尘土。”

“我实在要告诉你们：撒迦利亚的儿子约翰，是他的同类中最后一人，他和前辈一样，被杀戮在圣殿与祭坛的门槛之间。”

说着，他又踱步走开。

然后又折回说道：“执权一个时辰的人们，总是要杀害称雄岁月的君主，总是开庭审判，判决未出生的人有罪，宣布从未作恶的人死刑。”

“撒迦利亚的儿子将和我一起生活在我的王国里，他的日子将会长久。”

然后他转向约翰的弟子说道：“每一件事情都有它的翌日，我自己也许是这一事件的翌日。回到我朋友的朋友那里去，转告他们我将与他们同在。”

那两个人离开我们走去。他们的心情似乎有所好转。

耶稣重新躺倒在草地上，他张开双臂，又在凝视繁星。

现在时辰已晚。我在他不远处躺着，我很想休息一下，但总觉得有一只手在叩我的睡眠之门，我一直醒着，直到耶稣和黎明一起催我重新赶路。

来自沙漠的人

我在耶路撒冷是个陌生人。我来这座圣城是想看看雄伟的殿宇，并到祭坛上献祭，因为我妻子给部落生了两个孪生儿子。

献完祭品，我站在大殿的门廊上，俯看着钱商和卖鸽子作祭品的小贩，传入耳朵的是院子里沸沸扬扬的喧声。

我正这么站着，突然有一人来到了钱商和卖鸽子人们的中间。

他神色庄严，步伐快捷。

他手里拿着根羊皮做的绳子，他开始掀翻钱商的桌子，用绳子抽打卖鸟的小贩。

我还听到他大声喊道："把这些鸟放回天空它们自己的巢中。"

男男女女在他面前逃窜，他驱赶着他们，犹如旋风席卷着沙丘一般。

这一切发生在一瞬间。一会儿，钱商等人全被赶出了大殿的院子，只有那人独自站着，他的随从们离着他有段距离。

我转过身子，看到还有一人也站在门廊上，我向他走去，问道："先生，这位孤独的像一座殿宇一般站立的人是谁?"

他答道："他是拿撒勒人耶稣，加利利新近出现的一位先知。耶路撒冷这里的所有人都恨他。"

我说："我的心足够强健，准备承受他的鞭笞；又足够依顺。可以匍匐在他的脚下。"

耶稣转身向等候他的随从们走去，未走几步，三只大殿的鸽子飞了回来，有一只落在他的左肩上，另外两只落在他的脚旁。他轻柔地抚摩了每只鸽子，然后阔步向前。

请告诉我，他凭着什么力量驱散了上百名男女，而不遭任何反抗？我听说他们都恨他，但这一天却无人在他面前抵抗。难道他在去殿宇院子的路上，已经拔掉了他们的仇恨之牙？

彼 得

有一天日落的时候，耶稣领我们来到伯赛大村，我们疲惫不堪，满面尘土。 我们走进位于花园中间的一个大户人家，户主就在门口站着。

耶稣对他说：“这些人已精疲力尽，腿脚疼痛，请让他们在你家借宿吧。 夜间很冷，他们需要温暖和休息。”

富人回答：“他们不能睡在我家。”

耶稣又说：“那就让他们睡在你的花园里吧!”

富人答道；“不行，睡在花园里也不行。”

耶稣转身对我们说道：“这便是你们明日的遭遇，这现状就如同你们的将来。 所有的门户都要对你们紧闭，就连星空下的花园，也不能作你们的卧榻。”

“倘若你们的脚步不畏跋涉，随我远行，你们或许会找到一个水盆、一张床，也许还有面包和葡萄酒；但如果你们什么也没有找到，也莫忘记你们已跨过了我的一片沙漠。”

“来，我们向前走吧。”

富人显得窘迫起来，脸色也变了，他嘴里嘟囔着什么，然后自惭形秽地溜进了花园。

我们又跟随耶稣继续赶路。

巴比伦人曼拉奇，一位天象学家

你问我有关耶稣的奇迹的问题。

每隔一千个千年，太阳、月亮、这个地球及它的姊妹行星，在一条直线上相遇，它们在一起作了片刻的商谈。

然后它们慢慢分别，等待下一千个千年的到来。

除了时节以外并没有奇迹。 但你我并不了解所有的时节，更何况当某个时节化为人形，具体地出现呢？

在耶稣身上，构成我们肉体和梦幻的元素有规则地组合在一起。他以前时机未到的一切，由于他已变得时机成熟了。

人们说他给盲人视力，让瘫子行走，还从疯人身上将魔鬼逐出。

也许失明只是一种黑暗的思想，可以被燃炽的思想战胜；也许萎缩的肢体无非是一种惰逸，有了活力就可以刺激它复原；也许魔鬼，我们生命中这躁动的元素，是可以被和平、宁静的天使逐出的。

人们说他使死者复生。 你若能告诉我什么是“死”，我就会告诉你什么是“生”。

在田地里我观察过一颗橡子，那么安静，看起来又毫无用处。到了春天，我见这橡子生了根，出了苗，将要成为一棵橡树，在阳光下蓬勃向上。

你肯定要说这是桩奇迹。 但这样的奇迹，在每一个慵困的秋天里，在每一个热情的春天里，都要发生一千个千次。

这奇迹为什么不会发生在人的心灵里呢？那些时节，为什么不会在一个受膏人的手中或唇上相遇呢？

如果上帝赋予了大地孵育一颗看来已干死的种子的技艺，他为何不可使人的心，能将生命吹送进另一颗心，即使是颗看起来已死去的心呢？

我已经谈论过这些奇迹，但我认为，它们在那更大的奇迹面前就相形见绌了，这奇迹便是那个人本身，那位“旅行者”。是他把我的糟粕化为精华，是他教导我如何爱仇恨我的人，因而为我带来慰藉，给我的睡眠添了美梦。

这是我自己生活中的一桩奇迹。

我的灵魂曾是盲目的，我的灵魂曾是畸形的，我被不安分的精灵依附着，我曾是行尸走肉。

但现在我能清晰地观察，正直地行走，我心神恬然，每时每刻都在生活中证实着、宣布着自己的存在。

我并不是他的门徒，我只是位年迈的星相家，每个季节观察一次宇宙空间，留心其中的规律与奇迹。

我已进入岁月的黄昏，但我若能再寻岁月的黎明，我便去寻求耶稣的青春。

暮龄永远在向往青春。至于我，现在是知识在向往圣像。

一位哲学家

当他和我们在一起，他以神奇的目光注视着我们和我们的世界，因为他的眼睛没有被岁月的面纱遮蔽，他凭着自己的青春之光，清晰地洞察着一切。

虽然他了解美的深奥，他还总是惊诧于美的平和与庄严。他肃立在大地面前，犹如人类的始祖在太初的第一日面前肃立。

我们的感觉已经迟钝。我们在光天化日下凝眸察看却一无所见；我们侧耳细听却毫无所闻；我们张开双手，却什么也不能触及；纵然全阿拉伯的香料都在薰焚，我们也是自行己路，不能嗅到它的芳香。

我们看不见日暮里从田野归来的农夫，听不见牧人赶羊群回到羊栏时吹响的笛声；我们不会张开双臂触摸夕阳，我们的鼻子也不再渴闻沙仑①玫瑰的芬芳。

唉！我们只敬重拥有王国的君王；我们非要等手指拨动琴弦，才能听到竖琴的声响；我们不会把戏耍于橄榄树林的儿童看作一株幼壮的橄榄树；我们定要让一切言语都从肉唇中发出，否则我们便把彼此都当作聋哑。

其实，我们是视而不见，听而不闻，吃喝而不知品尝。这便是拿撒勒人耶稣和我们的区别所在。

他的感觉总在不断地更新，这世界对于他永远是崭新的世界。

对他来说，一个婴孩的咿呀儿语不次于全人类的呐喊；而对我们，它无非是咿呀儿语。

对他来说，一株金凤花的根须便是对上帝的一腔思念；而对我们，它不过是根须而已。

① 沙仑，指位于巴勒斯坦的沙仑平原。

乌利亚，拿撒勒的一个老头

他是我们中间的一个怪人，他的一生隐匿在黑暗的幔帐里。

他并不遵循我们的神的道路，而是追随了污秽、邪恶者的道路。

他在孩提时代就拒不吮吸我们天赋的甘乳。

他的青春期像夜间着火的干草一样焚烧着。

当他成人，他拿起武器和我们所有人作对。

这种人在人类之善的低潮中孕育，伴着孽风降生，他们将在孽风中存活一日，然后永远殒灭。

你难道忘了他在孩提时代就多么自负，爱和博学的长者辩论，还嘲笑他们的尊严？

你还记得他靠锯子、凿子谋生的青年时代吗？他在节日里从不和我们的子女合群，他要离群独行。

他从不答复别人对他的问候，似乎他比我们高出一等。

我自己有一次在田野遇到他时，曾向他问好，但他只是笑笑，我从他的笑中看出狷傲与侮慢。

此后不久，我女儿和伙伴们去果园采葡萄，她也向他打了招呼，但他并未应答，他只是向所有采葡萄的人讲话，仿佛我女儿不在她们中间似的。

在他离弃了父老乡亲外出流浪后，他变得非常喋喋不休，他的言论是我们的肉中刺，他的话音至今还令我们想起来作痛。

他只会诽谤我们，还连带着我们的父辈与祖先；他的利舌就像毒箭一样，直刺我们的胸膛。

这便是耶稣其人。

如果他是我的儿子，我早就把他交给远征阿拉伯的罗马大军，我会请求军官把他放到前线，让敌人的射手射中他，让我从耻辱中解脱。

可是我没有儿子，也许我该为此谢天谢地。因为，倘若我的儿子是民众的仇敌，皓首白须的我在屈辱中将赴黄泉，那可怎么办呢？

诗人尼哥底母[①]，公会老人中最年轻的一人

有许多白痴说，耶稣挡住他自己的道路，反对的是他自己；还说，他不了解自己的思想，由此使自己陷入窘境。

确有许多枭鸟，除了自己的噪鸣外，不知道别人的歌乐。

你我都知道：有那玩弄文辞的，只敬服那更甚于他的玩弄文辞者；有那将自己的头颅装在篮子里赶集的，见了第一个买主就成交出售。

我们见过侏儒对天空中的超人破口大骂；也知道莠草会对橡树和杉树怎样评头品足。

我可怜他们不能升入高空。

我可怜枯萎的荆棘只能嫉妒不畏四季的榆木。

然而可怜，即使伴随着所有天使的惋惜，依旧不能带给他们光明。

我了解稻草人，虽然它的破烂衣衫在麦田里飘扬，但它是麦田里的死物，也是歌唱着的风中的死物。

我了解无翼的蜘蛛，它为一切的飞行物编织着罗网。

我了解那些狡黠的吹号人和打鼓手，他们置身于自己弄出的噪音里，却听不见云雀的鸣啭和东风拂过森林的天籁。

我了解那蹚过所有溪涧却永远找不到源头的人；也了解那顺着所有河流疾跑、却不敢奔向大海的人。

我了解那伸出笨手、向殿宇的建筑师讨好的人，他的笨手一旦遭

---

① 尼哥底母，法利赛人，是一位犹太人的官员。

拒，他便在阴暗的心里诅咒：“我要摧毁一切建筑物。”

我了解所有这些人。正是他们，听见耶稣有一天说过“我给你们带来和平”，另一天又说“我带来了刀戈”，便找到了反对他的把柄。

他们哪里懂得，耶稣其实在说：“我给心地善良的人带来了和平，我在那愿要和平和愿要刀戈的人中间竖起了刀戈。”

他们对曾说过“我的王国不在这大地上”，又说“恺撒的物当归恺撒”的耶稣感到稀奇，却不知他们若真想获得自由，进入他们热望的王国，他们就不该抗拒看护他们需求的门卫，他们应当愉快地作出施舍，以便进入那城池。

这些人还说：“他宣传仁爱、善良和孝道，而当他的母亲和兄弟们在耶路撒冷的大街上寻他时，他却不予理睬。”

他们不晓得他母亲和兄弟出于爱的顾虑，要他回到木工的案台；而他正在开启我们的蒙目，让我们目睹新一天的黎明。

他母亲和兄弟愿他在死神的阴影下生活，而他却要在远方的山上向死神挑战，从而在我们不眠的记忆里长生。

我了解那些漫无目的在路上打洞的鼹鼠，岂不正是他们，指责耶稣为荣耀自己而对众人扬言：“我是通往拯救的道路与门户”，甚至还称自己为“生命”和“复活”？

但耶稣宣称的，无非是五月在自己的高潮里宣称的一切。

他难道不该将如此璀璨的真理晓示于众？

他确实宣告过他是道路，是生命，是心灵的复活，我本人便是他的真理的一个证明。

你们是否记得，我尼哥底母曾经只相信法律和诫命，历来唯唯诺诺，循规蹈矩？

可是看吧，现在的我随着生活阔步而行，伴着群山上初露笑脸的朝阳欢笑，直到落日下临山后的卧榻。

你们何必在“拯救”二字面前踌躇？我便是从他那里得到了拯救。

我不在乎明天有什么降临，因为我知道耶稣激励了我的睡梦，让我遥远的梦幻作我行路的伴侣。

难道我信奉了一位更伟大的人，便成了一位渺小的人了？

当那位加利利诗人向我吟唱，骨与肉的障壁便已倒坍，我被一个精灵把握着，升举到高空，我的翅翼在空中采集了热望之歌。

当我自风中降下，我的翅翼在公会被人剪斫，尽管如此，我用肋骨，那无翼的翅膀，保护了这首歌。尘世间贫乏的万物，都不能夺走我的珍宝。

我说的够多了。让聋子在他们的聋耳里埋葬生命的低语吧！我心满意足地聆听他的琴声，那是他在肉体上的双手被钉流血时，抱琴弹出的乐调。

亚利马太的约瑟：十年以后

在拿撒勒人的心中，奔涌着两股泉流：一股是和他称为父的上帝一脉相传的亲近之泉，另一股是他称为“上界之王国”的欢乐之泉。

我在幽独的时候想念他，追踪着他心中的这两股泉流。在一股泉流的堤畔，我遇到我自己的灵魂；有时我的灵魂是乞丐，是流浪者，有时却是御花园里的公主。

我又追踪他心中的另一股泉流，我在途中遇见一位遭了殴打、被夺去金银的人，但他脸上还挂着微笑；不远处又见到掠夺他的强盗，我见他满面泪痕。

以后，我在自己胸中也听到了这两股泉流的潺潺之声，我很高兴。

在本丢·彼拉多和长老们捉拿他的前一天，我拜访了耶稣，我们谈了很久，我提了许多问题，他都和悦地做了回答。告辞的时候，我已知道，他便是我们这世上的圣主。

雪杉倒下已经很久，但其芬芳却在持续，并要永远向着天涯海角散发。

贝鲁特人乔各斯

当时，他和他的朋友们都在我家篱笆墙外面的松林里，他对着他们谈论。

我站在篱笆附近聆听。我知道他是谁，在他未来之前，他的名声已传遍此地。

当他停止说话时，我向他走去，说道：“先生，请你们都来光临敝舍。”

他对我微笑，说：“今天不了，朋友，今天不了。”

他的话里带着祝福，他的话音，使我感到寒夜添衣一样的温暖。

他又转向朋友们说：“看到了吧，此人没有把我们当作异乡人，他请我们走进他的门槛，尽管他以前从未见过我们。”

“实在说，我的王国里没有异乡人。我们的生命也就是所有他人的生命，生命赋予我们，是要我们理解众人，并在理解中爱他们。”

“众人的行为，无论是隐秘的或显豁的，也都是我们的行为。”

“我告诫你们，不要囿于‘一我’之中，倒要集‘多我，于一身：既是房屋的主人，又是无家可归的浪人；既是农夫，又是啄食尚未入土而眠的谷穗的燕雀；既是感激地施予的施者，又是自豪而衔恩受取的受者。”

“白昼之美不仅体现在你们所见的事物中，也体现在他人所见的事物中。”

“因此，我从拣选我的众人中拣选了你们。”

然后他又转向我笑着说：“我这些话也是说给你的，你也将铭记在心。”

我于是恳求他："大师，你不可以顾访我的屋舍吗？"

他回答："我知道你的心情，但我已顾访了你更大的屋舍。"

当他和使徒们临走时，他说："晚安，愿你的屋舍足够宽敞，可以大庇普天下的流浪者！"

抹大拉的马利亚

他的嘴像石榴的心，他的眼里有着深深的阴影。

他是和蔼的，如深知自己力量的人一样。

在梦中，我看到大地上的君王在他面前敬畏地肃立。

我想描述他的面容，但我如何描述？

它像没有黑暗的静夜，没有喧哗的良昼。

那是一张忧伤的脸，又是一张喜悦的脸。

我清晰地记得有一次他将手伸向空中的情形，他张开的手指就如榆树的枝桠一般刚劲。

我还记得他在夜晚踱步的情形。他不是在行走，他本人便是路之上的路，如同凌驾于大地之上，即将降下，润泽大地的云雾。

但当我站在他面前向他说话时，他又是人。他的脸看得出是充满力量的。他问我：“米利暗，有何贵干？”

我未作答，我的翅翼包掩了我的秘密，我心里变得暖融融的。

我再也禁受不住他的目光，于是扭头走开，但不是出于羞辱，而只是羞怯而已。我愿清静独处，任他的手指拨动我的心弦。

拿撒勒人约坦：致一位罗马人

朋友，你和所有罗马人一样，愿意臆想生活，而不思如何生活；你们愿驾驭万邦，却不愿被精神驾驭。

你们宁愿征服别的民族而受他们的诅咒，也不愿安居罗马，幸福地接受祝福。

你们只想到行进的大军和出海的舰船。

如此，你们怎么能理解拿撒勒人耶稣呢？他质朴无华，孑身一人，不携刀兵舰船，欲在心中建立王国，在灵魂的自由之地建立帝邦。

你们怎么能理解此人呢？他虽非兵士，却秉承了全能的以太的力量。

他不是一位神，他是和我们一样的人。但在他身内，地上的没药树高高升起，迎候天上的乳香；通过他的言词，我们的咿呀之语拥抱了无形之灵的微语；从他的话音里，我们听到了一首莫测高深的歌曲。

是的，耶稣是个人而不是位神，我们为此惊讶而称奇。

但你们罗马人只为神灵而好奇，任何人都不能使你们惊异。因而你们不懂得耶稣。

他属于心灵的青春，你们属于心灵的暮年。

你们今天统治我们，但是，让我们等候另一日的莅临吧！

谁能说这位不携刀兵舰船的人不会做明日的统帅呢？

我们这些追求精神的，将在跟从他的历程中流血；但罗马却要在阳光下化为白骨。

我们将屡遭磨难，但我们会忍耐，会生存下去；但罗马却必将化为烟灰。

然而，一旦罗马在变得谦恭而低微后，念诵起耶稣的名字，他会听到这声音，他会将新生命吹入骸骨。罗马便会复起，重回到大地城邑之林。

但他作此行动时，将不动刀兵，也不用奴隶为他驾船。他将独自行动。

耶利哥的以法莲

当他又来耶利哥时，我找到他，对他说："大师，明天我儿子将要娶妻，我请你明天光临婚筵，犹如你曾经光临加利利迦拿的婚筵一样。"

他答道："我确曾在婚筵上做过客人，但我再不做客了，现在我自己便是新郎。"

我又说："我请求你，大师，光临我儿子的婚筵吧！"

他似乎在责备我似的笑道："你为何要请求我呢，你的酒难道不够吗？"

我说："大师，我的酒罐是满的，但我还是恳请你赴我儿子的婚筵。"

他说："谁知道呢？我或许会来，或许一定来，只要你的心是你殿宇里的祭坛。"

次日，我儿子办了婚事。但耶稣没来赴宴，虽然家中宾客满堂，但我觉得谁都没有来过似的。

其实，招待客人的我也未到场。

或许，我在邀请他时，我的心尚未成为祭坛；或许，我在期望着另一个奇迹。

推罗的商人巴尔卡

我相信，无论罗马人或是犹太人都不理解拿撒勒人耶稣，连那些正在传播他名字的他的使徒们，也不理解他。

罗马人杀害了他，铸成大错；加利利人把他奉为神灵，也是一个错误。

耶稣有一颗人的心。

我曾随船队远航过七重海洋，曾在遥远异乡的街市上，和王公贵族、骗子奸商做过买卖，但我从未见过有人像他那样理解商人。

有一次我听他讲过这样一个寓言：

一位商人离开本国到异乡去。他有两个仆人，他给每人一把金子，吩咐道：“我出门远行时，你们也该外出赚钱。去做正当的交易吧，要注意公正地交换。”

一年以后，商人回来了。

他问两位仆人用他的金子做了些什么。

第一位仆人答道：“瞧，先生，我做了买卖，得了利润。”

商人便说：“这利润将归你了，因为你做得很好，你对我、对你自己都是忠诚的。”

然后另一名仆人站起说道：“先生，我担心亏损了你的钱，所以不曾买卖。喏，金子还在这口袋里。”

商人收起他的金子，说：“你这小信的人！去交易并亏损，也强于无所事事。风撒播种子，等待着收获果实，其道理正和一切商人经商一样。从今以后，你还是去侍候别人吧！”

耶稣虽然不是商人，但他说的这些，却揭示了为商之道的奥秘。

还有，他的寓言经常将我的思绪，带到比我去过的远邦更远、又比我的房舍家私更近的所在。

不过这年轻的拿撒勒人不是一位神。 遗憾的是，他的弟子们设法要把这样一位贤哲造为神仙！

西顿的女大祭司福弥亚：致女祭司们

抱起你们的竖琴，让我歌唱，
拨动你们的琴弦，那些金线和银线，
我要歌唱那无畏的勇士，
是他戮杀了山谷的恶龙，
然后又以怜悯的目光，
俯视那被杀的怪物。

抱起你们的竖琴，随我歌唱，
唱那高高挺拔的橡树，
唱有天空般胸怀、海洋般手掌的巨人，
他曾和死神苍白的嘴唇接吻，
而今却在生命的口腔中颤动。

抱起你们的竖琴，让我们齐唱，
唱那山中无畏的猎手，
是他瞄准野兽，射出无形的箭矢，
将犄角和利牙射落大地。

抱起你们的竖琴，随我歌唱，
唱那英勇青年征服了山中的城池，
还征服平原上似毒蛇盘踞的都邑。

他迎战的不是侏儒而是天神，
是欲啖我们肉、饮我们血的凶神。

他犹如最高贵的金色雄鹰，
只愿迎战空中的鹫鸟，
因为他的翅膀巨硕而又高傲，
不屑对翅翼瘦小的燕雀称雄。

抱起你们的竖琴，随我歌唱，
唱那大海与峭壁的欢乐歌。
天神已被杀死，正静静地躺在
遗忘之海中被遗忘的岛上，
而屠神者正在宝座上高踞。

他还只是个青年，
春天尚未赐给他成人的美髯，
来临他田野的依旧是青春的初夏。
抱起你们的竖琴，随我歌唱，
唱那席卷林间的风暴，
这风暴吹断枯枝和无叶的树桠，
却让成活的树木深深扎根大地的胸膛。

抱起你们的竖琴，随我歌唱，
唱我们爱者的不朽的歌调。
哦不，我的姑娘们，停下你们的手，
放下你们手中的竖琴，

我们现在不能唱他，
我们微弱的歌声传不到他的风暴里，
也不能飘进他庄严的静默里。

放下你们的竖琴，来到我周围，
我要将他的话语对你们重述，
我要向你们讲述他的事迹，
因为他话音的回声，
比我们的激情更为深远。

文士便雅悯

有人说耶稣是罗马和犹太的敌人。

但我说耶稣不是任何人和任何民族的敌人。

我曾听他说：“空中和山巅的鸷鸟是不会在意栖身在黑穴里的毒蛇的。”

“任凭死者去埋葬死者好了。你自己要在生者的队中，要振翅高飞。”

我并非他的信徒，我只是那些跟在他身后、欲睹他面容的众多人之一。

他察视着罗马，察视着我们这些罗马的奴仆，就如父亲看着孩儿们玩耍玩具、又争抢着大玩具一般。他从高处笑着。

他比国家、种族、革命这些概念更伟大。

他孑然一人，而又大彻大悟。

他为我们眼眶里每一滴泪珠而悲叹，对我们的每一次抗争都颔首微笑。

我们知道他能够和一切未生者一同降生，并启发他们看视，但不是用他们的眼睛，而是通过他的视角。

耶稣是大地上一个新王国的肇始，这一王国必将永存。

他是一切营造精神王国的王者的子孙。

唯有精神上的王者，才统治我们的世界。

撒　该

你们相信听到的说出的话语。还是信那未道出的话语吧！因为人类的缄默比他们的言词更接近真理。

你们问道：耶稣当初能不能避免他的惨死，并拯救他的弟子们免遭迫害？

我答曰：如果他愿意，他确实可以逃生。但他并不计个人安危，也不以保护自己的羊群不受夜狼之犯为虑。

他知道自己的命运，知道忠贞地爱着他的人们的明天，他预言了我们每个人的遭遇。他并非刻意求死，但他接受死神，如同农夫用泥土埋好谷种，接受了冬天，又等候着春天和收获的来临；又如建筑匠把最大的石头用来奠基。

我们这些加利利人来自黎巴嫩的山坡。我们的主本可以领我们返回家园，让我们与他的青春作伴，生活在我们的花园里，直到暮年来临，在我们耳边低诉往昔的岁月。

难道曾有什么障碍阻拦他的道路，令他不能回到我们村里的庙宇？在村里，人们都在诵读众先知的言论，然后畅言着自己的心思。

他难道不能宣告："而今我要随西风东行"，这样说着，又以嘴角的一个微笑打发我们？

噢，他本来可以说："回到你们的亲属中间，这世界尚没有为我作好准备。我将于一千年以后再来，教导你们的孩子们等待我的归来。"

如果他愿意，他本来确实可以这么做。

但他知道，要建立无形的殿宇，他必须将自己奠为基石，将我们作为屋基的卵石，紧密地铺在他的周围。

他知道他的参天大树的汁液必须从根须汲取，于是，他用自己的血浇灌这根须。 对于他，这不是牺牲，而是获取。

死神是启示者，耶稣之死启示了他的生命。

倘若他逃避了你们和他的敌人，你们便会作这世界的征服者，因而他不曾逃避。

唯有期望一切的才会奉献一切。

是的，耶稣本可以逃避敌手，尽其天年。 但他知道时节的更迭，他情愿咏唱他的歌。

有谁，面对着全副武装的世界，不愿以一时的玉碎，换取百代的称雄?

你们现在要问：究竟是谁杀害了耶稣，是罗马人还是耶路撒冷的祭司?

既不是罗马人也不是祭司们。 是全世界肃然而立，在那座山上赐他殊荣。

约拿单

有一天，我的爱人和我在甘泉湖里划船，我们四周矗立着黎巴嫩的群山。

我们在垂柳旁泛舟，柳枝在水里的倒影清晰可见。

在我划动船桨的时候，我的爱人弹起古琴唱道：

除了荷花，
还有什么花对水和阳光都那么了解？
除了荷花的心，
还有什么对大地和天空都那么熟稔？
看吧，我的爱人，
这金色的花或高或低流于水波，
正如你我沉浸在亘古的爱情中，
沉浸在永不消退的爱情中。

划动你的桨吧，我的爱人，
让我拨动我的琴弦，
让我们沿垂柳而行，
也莫忘饱览睡莲的娇姿。

在拿撒勒有一位诗人，他的心正如莲花，
他曾拜访过妇女的灵魂，
他了解妇女自水中生出的干渴，
了解她饱餐的嘴唇对太阳的饥求。
人们说他在加利利行走，

我说他正和我们一起泛舟。
你没看见他的脸吗，我的爱人？
你没看见在柳枝和树影交汇的那里，
他和我们一起划动？

爱人啊，真幸运我们能体会生命的青春，
能领略生命中歌唱的欢乐！
但愿你能永远手执木桨，
愿我能永远拨动琴弦，
在阳光下荷花欢笑的地方，
在杨柳垂入水波的地方，
弹奏出他的歌调。

划动你的桨吧，我的爱人，
让我拨动我的琴弦，
在拿撒勒有一位诗人，
他了解我们，爱着我们。
划动你的桨吧，我的爱人，
让我拨动我的琴弦。

伯赛大的哈拿：七三年

我父亲的妹妹在年轻时离家出走，居住在她父亲留下的旧葡萄园旁一间茅屋里。

她一人独居。乡下人有了病便来求治。她用绿草药，用晒干的根茎与花治愈了他们。

人们把她当作先知，但也有人说她是女巫、仙姑。

有一天父亲对我说："去把这些面包、这罐葡萄酒和这篮子葡萄干送给我妹妹。"

我把东西捆好，系在马背上。开始赶路，一直来到那座葡萄园。我走进姑母的茅屋里，她很高兴。

天气凉爽，我们坐着。这时路上走来一人，他向我姑母问候道："晚上好，愿你今夜平安！"

于是姑母站起，恭敬地立在此人面前，答道："晚上好，主宰众善灵的主人，征服众恶魂的豪杰！"

那人和悦地看着她，然后扬长而去。

我心里窃笑，认为姑母有点疯癫。但我现在明白了她并非疯癫，倒是当时我无知。

她知道我虽未表露，心里却在窃笑她。

她毫不生气地对我说："听着，侄女，并要把我的话记在心里：方才犹如掠过空中的鸟影一般路过此地的人，将要战胜恺撒和恺撒的帝国；将要和迦勒底的'佩冠牛'、埃及的'人面狮'搏斗，并将取胜；他将要统治这世界。"

"而他行走的这片土地将要毁灭，傲睨地坐落在山丘上的耶路撒泠，将随荒芜之烟云飘零。”

听她说着，我由窃笑转为肃静。我问道：“此人是谁，来自哪个国家或部族？他如何能战胜显赫的帝王，统治他们的帝国？”

她回答：“他出生在这块土地上，但我们自岁月之初，便在思念中孕怀了他。他属于一切部族，又不囿于任何部族。他将凭口中的言词、凭灵魂的火焰称雄。”

然后，她突然站起，像尖耸的岩石一般挺立，她说：“愿主的天使宽宥我还说出下面的话：他将被杀害，他的青春将用殓衣包裹，他将被静静地安葬在大地无言的心旁。犹太的少女将为他哭泣。”

接着，她伸手举向空中，说道：“但他只是肉体被害。”

“在精神上他将起来，率他的大军，自旭日降生的这片土地，向夕阳被戮的他乡进发。”

“他的名字将高列众人之首。”

姑母说这席话的时候，已是个年迈的先知者，而我当时还是个少女，是一片未耕耘的田地，一块未砌在墙垣里的石头。

但她意念之镜中看到的一切，都在我的日子里发生了。

拿撒勒人耶稣从死亡中复活，率领男男女女向没落之族进军；那座将他呈交审判的城池已经灭亡；在他受审、被判刑的大堂里，猫头鹰在哀号着挽歌，夜晚将心头的露珠洒在倒塌的大理石上。

我已成了老妇人，岁月弯曲了我的腰板，我的同胞、我的种族都已灭亡。

我后来只见过耶稣一面，并听过他一次讲论。当时他在一座山顶上，向着朋友和弟子演讲。

而今我年老孤单，但他依然在我梦里出现。

他像生着翅膀的白色天使一样来临，他的温雅令我镇静而不再恐惧黑暗；他将我高举到更辽远的梦乡。

我依然是一块未耕耘的田地，一颗成熟却不会坠地的果实。我最珍视的财富，一是阳光的温暖，一是我对此人的记忆。

我知道我的民族里再不会出现君王、先知或祭司，正如我的姑母曾经预言的那样。

我们将默默无闻地像流水一般逝去。

但那些渡越过他的中流的人们，却将因此被人牢记。

玛拿西，耶路撒冷的一位律师

是的，我过去经常听他的演说。他的话语挂在唇上，随时可以脱口而出。

但我是把他当作一个人、而不是当作一个领袖欣赏的。他宣传的道理，既非我的兴趣所在，也许还非我所能领悟。我不愿别人对我训诫。

我被他的声音和姿势打动，而不是被他演讲的内容打动。他让我入迷，但从未让我信服，因为他的道理过于晦涩，过于遥远和费解，进不了我的大脑。

我还认识其他一些他这样的演说者，但他们从来都不是坚忍、恒守之人。他们凭着雄辩而不是道理，来吸引你的耳朵，影响你的闪念，但从不能进入你的心扉。

遗憾的是他的敌人和他对抗，并且诉诸武力，这大可不必。我相信他们的敌意只会增强他的决心，使他由温和转为激烈。

你说怪不怪：你在反对别人时却给了他勇气，在羁缚他的腿脚时却给了他翅膀！

我并不了解他的敌人。但我确信，他们对一个无害的人这般恐惧，结果助长了他的力量，使他变得危险了。

该撒利亚的耶弗他

你们在白昼念兹在兹、在夜晚萦怀不忘的这个人，令我厌恨。但你们总愿用他的言词烦扰我的耳朵，用他的行为劳累我的心思。

我厌倦他所有的言行。一提到他的名字、他的籍贯，就足以让我不快。我不愿听到有关他的一切。

你们为何把一个不过是幻影的人造为先知？为何把这沙丘看作高塔，把聚蓄在这蹄印里的雨滴想象为湖泊？

我并不嘲讽山谷间空穴的回声，或夕阳下留下的长影；但我不愿听到在你们头脑里念叨的谎言，也不愿探讨你们眼中的映像。

耶稣说过的哪一句话，哈利耶勒不曾道出？他揭示的哪一个哲理，迦马列[1]不曾揭示？他的呓语如何比得上斐洛[2]的宏声？他敲击的哪一个铙钹，不是在他出生前就被人敲击？

我细听洞穴发出的声音在静谷回荡，我目视夕阳留下的长影；但我不愿让此人的心与他人的心声共鸣，不愿这魔术师的幻影称自己为先知。

以赛亚之后谁还会作演讲？大卫之后谁还敢歌唱？所罗门[3]去见前辈之后，智慧难道还会再生？

关于我们的先知——他们的言词是刀剑，他们的唇舌是火焰——我该说些什么呢？

---

① 迦马列，公元一世纪犹太著名的律法师，在公会担任要职。

② 斐洛，罗马帝国时期的亚历山大里亚的哲学家，犹太人。

③ 以赛亚、大卫、所罗门，均为以色列古代先知，分别以擅长演说、歌唱、富于智慧著称。

他们何曾为这加利利的拾穗者留下一根麦秸，为这北国的乞丐遗下一颗坚果？他唯独能做的，便是擘开我们祖先已烤制的面包，斟倒用他们神圣的脚从古时的葡萄榨出的酒。

我敬重陶工的手掌，而不是陶器的买者。

我敬重坐在机杼前的织工，而不是穿那衣裳的村夫。

这个拿撒勒人耶稣是何许人物？一个不敢实践自己思想的凡夫而已。 因此，他最终落得身败名裂的下场。

我求求你们，莫在我耳边喋喋不休地谈论他的言行。 我的心头满载着古先知的事迹，这些便已足够。

被爱的使徒约翰在暮年

你让我谈论耶稣，但我如何能用一支空空的芦管，吹奏出全世界的热望之歌呢?

在白昼的每时每刻，耶稣都在感觉着父的存在。他从云彩里、从云彩掠过大地的阴影里看到父，他在平静的水泊里看到父的脸，在大漠里看到父留下的依稀足印。他经常阖上眼睑，注视父的圣目。

夜晚以父的声音对他倾谈，在孤寂中他听到圣主的使者向他呼唤，当他静息睡眠，他在梦中听到天堂里的低语。

他总是愉快地和我们在一起，他称呼我们兄弟。

瞧，他虽是“最初的道”，却称呼我们这些昨天才发出的新声为兄弟。

你问我为何说他是“最初的道”。

请听我的回答：

起初，上帝在太空中运行，通过他随意的动作，大地诞生了，大地上并有了季节变换。

后来上帝再度运行，生命便奔涌而出，生命的渴望上下求索，欲得到发扬光大。

后来上帝说话，他的话语便是人类，人是上帝之灵所生的灵魂。

当上帝说话，他最初的话语——“道”，便是基督，这“道”是完美的。当拿撒勒人耶稣降临人世，这“最初的道”便对我们吐露，其声音成了血肉之身。

受膏的耶稣是上帝对人类吐露的“最初的道”，正如果园里总有一颗苹果树，比别的果树早一日发芽、结果。在上帝的果园里，这一日便是万代。

我们都是“至高者”的子女，但那受膏者是他的长子，寄身于拿撒勒人耶稣。耶稣行走在我们中间，出现在我们眼前。

我说出这一切，是要你们不仅在意识里、更要在灵魂里悟解。意识可以衡情度势，但灵魂却通达生命的中心，领悟生命的奥秘。灵魂的种子永生不死。

风儿吹拂，然后会静息；大海起浪，然后会乏倦；但生命的心田却是一片宁静、肃穆的空间，那里闪耀的星辰是永固的。

庞贝人玛努斯：致一个希腊人

犹太人和他们的邻居腓尼基人与阿拉伯人一样，不会让他们的神在风中静息片刻。

他们太考虑诸神的神性，太在乎别人是否恪守祷告、礼拜、献祭之事。

我们罗马人为神灵兴建大理石殿宇时，那些人却在辩论神的本质；我们若逢喜事，会在朱庇特、朱诺、玛尔斯、维纳斯[①]诸神的祭坛周围欢歌曼舞，而他们虽在大喜的时刻，也要披上麻衣，用灰土抹头，甚至哀叹他们降生的日子。

对于昭示了上帝乃欢乐之神的耶稣，他们加以折磨，最终把他置于死地。

这些人不愿随一位欢乐之神同乐，他们只认可他们的愁苦之神。

连耶稣的朋友与使徒，他们虽熟知他的欢悦，惯听他的笑声，却要造出一个他忧愁的偶像，然后膜拜这偶像。

在这般的膜拜里，他们登临不到神性的境界，而只是让神性俯就他们。

而我相信，这位和苏格拉底并无差别的哲人耶稣，终将驾驭他的民族，乃至于其余各民族。

因为我们生性悒郁，素好小猜小忌，当有人对我们高唤："让我们和众神同乐"，我们不能不提防他的声音。奇怪的是，这个人的痛苦竟然演化为礼仪！

---

① 朱庇特、朱诺、玛尔斯、维纳斯，均为罗马神话中的神。其中，朱庇特为主神，朱诺（朱庇特之妻）为司婚姻的女神，玛尔斯为战神，维纳斯为司美与爱的女神。

这些人愿找到另一位在林中被戮的阿多尼斯神[1]，他们将庆贺他的被戮。真遗憾他们未注意他的欢笑。

但我们罗马人得向希腊人承认：我们自己，何曾留意过苏格拉底在雅典街头的笑声？即使在狄俄尼索斯剧场[2]里，我们何曾忘却过盛毒液的酒杯？

我们的长辈，不是依然在街头巷角互诉着烦恼，并从回忆我们所有伟人的悲惨结局中度过快活的瞬间吗？

① 阿多尼斯，希腊神话中的美少年，深受阿佛洛狄忒女神的宠爱，狩猎时受伤而死。

② 狄俄尼索斯剧场，最早形式的希腊剧场，坐落于雅典。

本丢·彼拉多

在他被带到我面前以前，我妻子已多次谈起过他，但我未曾留意。

我妻子是个梦想家，她和这一阶层的许多罗马妇女一样，迷恋于东方的祭礼和典仪。这些礼仪对罗马帝国形成威胁，它们一旦深入我们妇女的心坎，就会具有破坏性。

随着阿拉伯的喜克索人①带来他们沙漠中的一神，埃及便在劫难逃；随着阿什塔特②携七位少女从叙利亚的海岸来临，希腊便被征服，化为废墟。

至于耶稣，我先前从未见过此人，直到他被当作罪犯、当作他本国和罗马的敌人被押到我面前，我才初次见他。

耶稣是用绳子五花大绑、被人押进审判厅的。

我正坐在高背椅上，耶稣迈着坚定的大步向我走来，然后笔直站住，他的头高昂着。

我说不清那一刻有什么感受，但我突然有个愿望(虽然不是出于我的意志)，就是站起来走下椅子，在他面前俯伏。

我仿佛觉得进到大厅的人乃是恺撒，是一位比罗马更为伟大的人物。

但这只是瞬间之念。随后，我眼里见到的仅仅是一位被自己的人民指控为叛徒的人。我是他的长官和审判者。

我向他提问，但他并不作答，只是注视着我。他的目光中有着

---

① 喜克索人，约公元前1710年由亚洲侵入埃及的游牧部族，崇拜风暴与沙漠之神赛特。

② 阿什塔特，为古代闪族腓尼基人所信奉的女神，司生育与爱情。

怜悯，仿佛他倒是我的长官和审判者。

这时，门外传来人群的喊声。 但他依然缄默，仍以怜悯的目光看我。

我走出大殿，站在台阶上。 人们见我出现，停止了叫喊。 我问道：“你们想把这个人怎么办?”

他们异口同声地高喊：“我们要钉死他！他是我们的敌人，也是罗马的敌人!”

有些人叫道：“他不是扬言要摧毁圣殿吗？不是声称拥有王国吗?我们只有恺撒一个国王。!”

现在我离开人们，转身走进审判厅。 我见他仍在原处独自站立，他的头依然高昂着。

我想起曾读过一位希腊哲人说的话：“孤独的人是最强大的人。”在此刻，拿撒勒人耶稣比他的民族更伟大。

我并不感到心有恻隐，他是无需我的恻隐的。

我问他：“你是犹太人的王吗?”

他一言不发。

我又问：“你没有说过你是犹太人的王吗?”

他直视着我，然后以平静的语调答道：“是你们自己宣布我为王。 或许，我正是为了这个目的而降生，来为真理作证。”

瞧，在这种时刻他还在谈论“真理”！

我忍不住大喊起来，对着我自己也对着他：“什么是真理？当无辜者被刽子手执起的时候，对他而言什么是真理?”

耶稣有力地说：“没有人能统治这世界，除了凭借精神和真理。”

我便问：“你是属于精神的?”

他答道：“你们也一样，虽然你们并不知道。”

当我为了国家的缘故，当别人为了固守古老的礼法，而将一个无辜者送交死神时，还有什么精神和真理可言?

没有哪个人，没有哪个民族，没有哪个帝国，会在自我完善的道

路上，面对真理止步。

我又问道："你是犹太人的王吗?"

他回答："这是你自己说的。在此以前，我就已征服了世界。"

他说的这些话中，唯独这句不太合适。因为只有罗马曾经征服过世界。

这时群众的喊声再起，比刚才更为喧闹。

我走下高背椅，对他说："跟我走。"

我又来到大厅的台阶上，耶稣在我旁边站着。

人们一见到他，便发出雷鸣般的吼声。鼎沸的人声之中，我只听到："钉死他！钉死他!"

我把他交还给押他来的祭司们，我说："随你们怎么处置这个义士吧。你们若愿意，还可以带几个罗马兵看守他。"

于是他们把他带走。我命令在他头上的十字架上写下："拿撒勒人耶稣：犹太人的王。"我其实该写："拿撒勒人耶稣：一位君王。"

他被剥下衣服，受鞭子的抽打，最后钉在十字架上。

我本可以救他一命，但这样会引起一场骚乱。对一个罗马行省的长官来说，善于容忍失败民族的宗教偏执，乃是明智之举。

现在我相信，此人不仅是位鼓动家。我的判决并非出于我的意愿，而是为了罗马的缘故。

不久以后，我们离开了叙利亚。我妻子从那天起变成一个伤感的女人。就在这儿、在这座花园里，我还时常见她面露愁容。

我听人说，她经常对别的罗马女子谈起耶稣。

瞧！我宣判死刑的这人，又从冥府回来，进入我的家中!

我一次一次地自问：什么是真理? 什么不是真理?

这位叙利亚人是否可能在深夜寂静时统治着我们?

肯定不会这样。

因为罗马必定要战胜我们的妻子的梦魇。

巴多罗买[1]在以弗所

耶稣的敌人说他对奴隶和贱民大肆宣传，煽动他们反抗主人；还说他出身卑微，所以求助于自己的同类，又设法隐瞒自己的身世。

可是让我们看看耶稣的门徒到底是哪些人，再看看他是如何领导的。

起初，他从北国选择了一些人作伙伴，他们是自由人，个个身强体壮，胆略过人。在过去的四十年里，他们勇于献身，视死如归。

你难道认为这些人是奴隶或贱民吗?

你难道认为，黎巴嫩和亚美尼亚高傲的王子们，在接受耶稣是上帝派遣的先知时，会忘却自己的地位吗?

你难道认为，安提阿、拜占庭、雅典、罗马的侯门子女，会被一个奴隶领袖的声音打动?

不，这个拿撒勒人既非和奴仆一起与主人作对，也非与主人一起和奴仆作对。他不和任何人结伙反对任何别人。

他是众人之上的人，在他的肌腱里奔涌的血流，和激情与力量一起唱歌。

如果高尚在于庇佑他人，他便是众生中最高尚的；如果自由体现在思想、言词及行动上，他便是众生中最自由的；如果高贵的身世在于傲睨而只服从于仁爱，在于超脱却永远温柔、和蔼，他又是众生中身世最高贵的。

别忘了只有强者、疾行者才会赢得竞赛荣获桂冠。耶稣既是被

① 巴多罗买，耶稣的十二使徒之一。

爱他的人加冕，也是被他的敌人加冕，虽然他们并不知道。

时至今日，阿耳忒弥斯①的女祭司仍然在殿宇的隐秘角落，每天为他加冕。

① 阿耳忒弥斯，希腊神话中的月亮女神。阿耳忒弥斯神庙位于小亚细亚以弗所城，为世界七大奇观之一。

马 太

有一天晚上，耶稣路过“大卫塔”里的一个监狱，我们在他身后步随。

他突然止步，将脸贴在监狱的石墙上，说道：

“我旧日的兄弟们，我的心在狱栏之外和你们的心一起搏动，愿你们在我的自由王国里成为自由人，与我和我的伙伴们同行。”

“你们受着囚禁，但你们并不孤单。在大路通道上行走的囚徒何其众多！他们虽然翅翼未折，却像孔雀一样，扑腾着而不能飞翔。”

“我翌日的兄弟们，不久我将要顾访你们的牢狱，用我的肩分担你们的重负。因为无辜者和有罪人并不可分，正如前臂的双骨永不可分开一样。”

“我今日的兄弟们，你们在人们的理性之流里逆流而进，并因此被擒。他们说我也违逆了这一潮流。或许，不久我将与你们同在，成为违犯了律法的人们中的一员。”

“未来日子的兄弟们，这些墙垣将要倾倒，那以光为锤、以风为凿的‘他’，将用这些石块营造别样的建筑。在我新的自由的日子里，你们将自由而立。”

耶稣说完这些，又继续前行。他的手始终触摸着监狱的石墙，直到走过“大卫塔”。

安德烈[1]

死亡固然惨痛，但失去了他的生活却更加惨痛。随着他的沉寂，白昼也变得喑哑，只有我记忆的回声在重复他的言词，而他的话音已经不闻。

有一次我听他说道：“当你们渴望时，就前往田野，在百合花丛中坐下，你们会听到花儿在阳光下的低语。百合花并不织布帛为衣，也不积石木栖身，可是它在歌唱。”

“在夜间劳作的‘他’，实现了花儿的需求，‘他’恩赐的露珠，在花瓣上晶莹闪亮。”

“你们，不也受到毫无倦意、从不休息的‘他’的关怀么?”

又一次我听他说：“天上的飞鸟，都由你们的父历历尽数，正如‘他’明察你们的毫发一样。每一只坠在箭手脚旁的飞鸟，每一根在你们头上花白或随年岁脱落的毛发，无不出于‘他’的意愿。”

另一次他说：“我曾听你们在心中默语：‘我们的上帝对我们这些亚伯拉罕[2]的子孙，将比对起先不知道他的外邦人更为仁慈。’”

“但是我告诉你们：葡萄园的主人在早晨让一个农夫去采撷，在傍晚又让另一人去做活，然后给了两人同样的报酬。主人确有理由这么做：他难道不可遂自己的愿付自己的钱吗?”

“因此，我的父会对叩门的外邦人敞开殿门，如同你们叩门时一样。他对新乐调的喜爱，和他对熟稔的旧歌的喜爱等同；而且他还会表示特殊的欢迎，因为这是他心之弦中最年轻的一弦。”

还有一次我听他说：“要记住：盗贼是困窘中的人；骗子是恐惧

---

① 安德烈，耶稣的十二使徒之一。

② 亚伯拉罕，希伯来人的始祖。

着的人；被你们夜间的守望者追逐的猎物，也被他自己黑暗中的守望者追逐。”

“我愿你们怜悯所有这些人。”

“他们若是寻访你们的宅室，就开门宴客，让他们在餐桌就座。倘若你们不曾接纳他们，那他们犯下的一切，你们都不能算无辜。”

有一天，我和许多人随他来到耶路撒冷的市场，他对我们讲述浪子回头的寓言，以及商人为购一颗珍珠倾其所有的寓言。

他正在讲述，法利赛人将一位他们称为妓女的妇人带上前来。他们挑衅地对他说：“她玷污了自己的婚誓，在行淫时被当场捉拿。”

他定睛看着她，又把手放在她前额上，以深邃的目光凝视她的眼睛。

然后他转向带她来的人们，他久久打量着他们，接着弯下身子，用手指在地上写了起来。

他写下每个人的姓名，又在姓名旁边写下各人犯下的罪行。

他还在写着，那些人却已羞惭得溜进了街巷。

他写完时，在他面前站立的只剩下那妇人和我们几人。

他再次注视着妇人的眼，说：“你有过多的爱，而带你来的那些人却毫无爱心。 其实他们是想以你作圈套陷害我。”

“你现在平安地走吧！”

“这里再没有别人审判你。 你若想成为既挚爱又明智的人，就来寻我吧，人子是不会审判你的。”

当时我有疑虑：耶稣对她这样说话，是否因为他本人也不是没有罪过？

此后我沉思良久。 现在我明白了：只有心无杂念的，才会宽恕因干渴而饮死水的人。

只有步履坚稳的，才会对失足者伸出援手。

我还要再三重复：死亡固然惨痛，但失去了他的生活却更加惨痛。

一位富人

他对富人说三道四。有一次我问他："先生，我如何才能获得灵魂的安宁？"

他让我把财富送给穷人，并跟随他走。

可是他一无所有，因而不懂得财富能带来信心和自由，也不理解拥有财富的威严与自尊。

我家里有一百四十个奴仆，有的在我的树林和葡萄园里做活，有的指挥我远航的船队。

现在假如我依他所言，将财富给了穷人，那我的奴仆、差役，还有他们的妻子儿女，将有什么结局呢？他们肯定会沦为在城门口、在庙宇门廊里流浪的乞丐了。

不行。这位好心人并不了解财富的秘密。他和他的门徒靠别人的恩赐生活，他便要所有人都如此生活。

这真是一个矛盾，一个难解之谜：难道富人应该把财产赐给穷人吗？穷人非要得到富人的杯盏和面包，然后才欢迎他入座餐桌吗？

高塔的主人，难道非要款待他的雇工，然后才能称自己是他领地的主人？

为冬天储食的蚂蚁，比起唱一日、饿一日的蚱蜢更为明智。

上一个安息日。他的一个门徒在街市上说："耶稣在天国放草鞋的门槛上，任何人都没有资格枕头。"

可是我要问：谁家的门槛上，可容这位老实的流浪汉放置草鞋？他自己从未有过家或门槛，他走路时经常连草鞋也穿不上。

约翰在拔摩

我要再一次谈起他。

上帝虽没有赐我言词，却赋予了我声音和燃烧的嘴唇。

我不配道出那完美的道，但我要招我的心灵到我唇边。

耶稣喜爱我，我不知为什么。

我也爱他，因为他使我的灵魂高出我的身躯，又深入我无法探测的堂奥。

爱是一个神圣的奥秘。

对于爱者，它永远毋需言词道出。

对于不爱者，它也许只是一句无心的戏言。

耶稣是在我们兄弟俩田头劳动时召唤我们的。

当时我还年轻，只有黎明之声进入过我的耳内。

但他如号角声一般的话音，却标志着我劳作的结束、激情的开始。

于是，我别无他路，唯有在阳光下前行，膜拜现时的韶华。

你是否能够想象：有一种威严如此仁慈以至不显威严，有一种美如此璀璨乃至不易察觉其美丽?

你能否在梦中听到一个为狂喜而羞涩的声音?

他召唤我，我便跟从了他。

当天傍晚，我回到父亲家里取一些衣裳。

我告诉母亲："拿撒勒人耶稣要我做他伴侣。"

她说："孩子，和你兄弟一样走他的路吧。"

于是我伴随了他。

他的芬芳将我召唤，对我施令，但只是为了把我解放。

爱对爱的宾客是一位慷慨的主人；而对不速之客，爱之厦却是一场幻影，爱也是一个嘲讽。

现在，你想听我解释耶稣的奇迹。

我们都是此刻的神奇迹象，我们的圣主便是此刻的中心。

但他并不希望他的迹象被人知晓。

我曾听他对跛子说："站起来回家吧！但不要告诉祭司是我治愈了你。"

耶稣的心思并不在残跛者身上，而是在强壮、挺立的人身上。

他的思想追寻并把握住别人的思想，他完备的精神也造访别人的精神。

就这样，他的精神改变了那些人的思想和精神。

这看起来是奇迹，但对我们的圣主而言，这不过如每日的呼吸一般轻易。

现在让我谈谈别的事情。

有一天，他和我独自在一片田野里行路，我们都感到饥饿，于是来到一棵野苹果树前。

树枝上只结着两只苹果。

他抱着树干用力一摇，两只苹果落下。

他把两只苹果拣起，递给我一只，另一只他自己拿在手里。

我在饥饿中很快吃下了苹果。

吃完后我见他仍然把苹果拿在手里。

他把苹果递给我，说："把这个也吃了吧。"

我接过苹果，饥饿之中不觉难为情，吃了起来。

继续赶路时，我看了看他的脸。

我如何向你描述我的所见呢？

黑夜里蜡炬在空中燃烧；

一个我们无法企及的梦想；

正午时所有的牧人平静又快乐地看着羊群吃草；

一个黄昏，一片宁静，一次归乡；

一场酣睡，一枕梦幻；

这一切我都在他脸上看到了。

他把两个苹果都给了我，可我知道他也同样饥饿。

但我现在明白了：在给我苹果时，他得到了满足，他自己吃的是另一种树上结的另一种果实。

我愿告诉你更多有关他的故事，但我如何能够？

当爱变得博大，也就变得无言。

当记忆负荷过重，便寻求静谧的深处。

彼 得

有一次，在伽百农，我的圣主说：

“你的邻居是住在一墙之外的另一个你。在理解中，所有的墙垣都将倾覆。”

“谁能说你的邻居不是寄着别人身躯的更好的你本人呢？你当如爱自己一样爱他。”

“他也是你不认识的‘至高者’的一个显示。”

“你的邻居是一片田野，你的希望之春披着绿装在其中流连，你的心愿之冬在其中梦幻着皑皑的雪峰。”

“你的邻居是一面明镜，你从中照见自己美化了的面容。那美化你的，是你并未察觉的一种欢乐，你未曾分担的一种哀愁。”

“我要你爱你的邻居，如同我爱你一样。”

这时我问道：“我如何能爱一个不爱我的邻居呢？如何能爱那垂涎我钱物、欲盗我财产的邻居呢?”

他答道：“当你在田头耕地，仆人在你身后播种，你难道要停步后顾，并驱赶啄食你几粒种子的麻雀吗？若是如此，你便不配享有丰收带来的富足。”

耶稣说完这话，我感到羞愧，缄默不言。但我并不害怕，因为他在对我微笑。

耶路撒冷的一位修鞋匠

我并不爱他，但也不恨他。我听他讲演不是想听道理，而是想听他的声音。他的声音让我快乐。

就我的头脑来说，他说的一切过于晦涩，但我的耳朵能清楚地听出其中的音乐。

实际上，若不是别人向我介绍他的学说，我甚至弄不清他到底是维护犹太还是反对犹太。

拿撒勒的苏撒拿，马利亚的邻居

我认识耶稣的母亲马利亚，还是在她嫁给木匠约瑟之前，当时我们都是未婚的姑娘。

在那些日子里，马利亚常常看见幻象，听到异声，还时常说起在她梦中出现的天使。

拿撒勒的民众都很关心她，留意着她的来去行踪。他们以和悦的目光看她，因为她的额头是那么高，步履又是那么飒爽。

但也有人说她是妖魔附身，因为她只爱独行其道。

她虽年轻，但在我眼里却很老成，因为她的花季里已有收获，她的春天里已结熟果。

她在我们中间出生、长大，但又像是我们北国的异乡人。她的眼神里，总流露着尚未熟识我们面孔的困惑。

她是高傲的，如同古代随兄弟们一起由尼罗河向旷野进军的米利暗[①]一般。

后来，马利亚许配给木匠约瑟。

当马利亚怀的耶稣渐渐变大，她常常在山中散步，暮归时眼中露出又愉悦又痛苦的神色。

耶稣诞生时，我听说马利亚对她母亲这样说："我只是一棵未修剪的树，请照看好这个果实。"这是接生婆马大听到的。

三天以后我去看她。她眼光有点奇异，胸脯起伏，手里抱着她的独子，犹如贝壳包含了珍珠一样。

---

① 米利暗，《旧约》中的女先知，是摩西和亚伦的姐姐，曾随摩西出埃及。

我们都喜爱马利亚的婴儿，我们仔细看他，他周身散发着温暖，他的脉搏合着生命的节律跳动。

随着岁月增长，他已成了一个脸上漾着笑意、又带些迷茫神情的孩子。我们无人能预知他会做什么，因为他看来总像个外族人。 尽管他胆大无畏，但从未有人训斥过他。

是他陪伴别的孩子们游戏，而不是别的孩子陪伴他。

十二岁时，有一天，他领一位盲人渡过小溪，来到平坦的大路。

盲人感激地问他："孩子，你是谁？"

他回答："我不是孩子，我是耶稣。"

盲人问："你父亲是谁？"

他答："上帝是我父。"

盲人笑了，又说："说得好，孩子。 你母亲是谁呢？"

耶稣答："我不是你的孩子。 我母亲是大地。"

盲人说："那么，我是被上帝和大地的儿子引导过河的。"

耶稣说道："无论你去往何处，我都将为你引路，我的目光将伴随你的脚步。"

他发育成长，如我们花园中一株名贵的棕榈树一样。

十九岁时，他长得像牡鹿一样俊逸，他的眼里似乎含有蜜，并充满了白昼的奇异。

他的嘴里，有着沙漠中羊群寻觅湖水时的干渴。

当他在田野独自踱步，我们便注目看他，拿撒勒所有的少女也在看他。 但在他面前，我们又很羞怯。

爱，永远因为美而羞怯；而美，将永远被爱追求。

以后，岁月嘱他在殿宇里、在加利利的花园里演讲。

马利亚也常常跟随着他，听他的言论，听出自她自己心中的声音。 但当他和爱他的人们前去耶路撒冷时，她就不再随往。

这是因为：我们北国人常在耶路撒冷的大街上遭到嘲讽，即使当

我们去圣殿献祭时也是如此。高傲的马利亚不愿去南国受辱。

耶稣还去过东西方的其它国度，我们虽不知他去的是哪些地方，但我们的心却与他同往。

马利亚则在门口等候他。每天黄昏，她都目盯着道路，盼望他的归来。

而当耶稣回家时，她会对我们说：“他如此博大，不像我生的孩子；又如此雄辩，非我静默的心灵所能领悟，我如何能自称他的母亲呢?”

在我们看来，马利亚不能相信平原上竟然降生了山峰，以她淳朴的心地，她未看出山脊便是通往顶峰的道路。

她理解耶稣，但因为他是自己的儿子，她又不敢认他。

有一天，当耶稣去湖边拜访打鱼人，她对我说：“人，岂不就是忙碌不息，愿从大地升起的生物吗? 岂不就是对星辰的一种思念吗?”

“我儿子便是一种思念，是我们众人对星辰的思念。”

“我说了‘我儿子’吗? 愿上帝宽宥我，我内心愿做他的母亲。”

至此，我已难以讲述更多有关马利亚和她儿子的故事。但尽管我喉中似有鲠在，我的言词有如扶杖的跛者一样艰难，我还是要讲出我的一些见闻。

那一年的青春之季，当白头翁的红花开遍山野，耶稣招呼他的弟子们说：“和我同往耶路撒冷，去看为逾越节宰羊的情形。”

同一天，马利亚走进我家说道：“他要去圣城，你愿和我及别的女伴们随他同往吗?”

我们跟着马利亚和她儿子走了长路，来到耶路撒冷。城门口有一群男女向我们致意，因为耶稣的到来已预告给爱他的人们。

但当天夜里，耶稣就和他的弟子们离开了城市。

我们听说他去了伯大尼，马利亚便和我们在客栈等他归来。

在周四的前夜，耶稣在城外被捉拿，入了牢狱。

当他入狱的消息传来，马利亚一言未发。她眼里显出的，是早已预示的痛苦与愉悦实现了的神情，当她还是拿撒勒的新娘时，我们曾见过这种神情。

她并未哭泣，而只在我们中间走动，仿佛一个不会在儿子的亡灵前恸哭的母亲的幽灵。

我们席地垂头而坐，而她直立着，在屋里来回走去。有一阵在窗口伫立，眺望东方，双手手指插入头发向后捋去。

直到黎明，她依然站在我们中间，有如大军散去后旷野里一面孤独的旌旗。

我们因为知道她儿子明天的结局而哭泣。她没有哭，因为她也知道他将有怎样的遭遇。

她的骨骼是铜铸的，她的肌腱是以古榆木为材料，她的双目有如天空，广阔而无畏。

你曾听过当自己的巢在空中焚烧时画眉的歌唱吗？你曾见过女人悲伤至极时无泪以洒的情景吗？你曾见过受伤的心在痛苦中的搏跳吗？

你们未曾见过这样的女子，因为你们不曾在马利亚的面前站立，也未受过“无形之母”的拥抱。

在这样的静寂时分，被包扎起的无声之蹄践踏着不眠者的胸膛。这时，西庇太的小儿子约翰走来，他说：“马利亚母亲，耶稣正要去了，让我们跟他同行。”

马利亚把手靠在约翰肩头，向外走去，我们在后面跟随。

我们走近“大卫塔”，看见耶稣正负着十字架，周围聚着许多人。另有两人也在负着十字架。

马利亚的头高昂着，她步伐坚稳，和我们走在她儿子后面。

在她身后，跟随着锡安和罗马，喃，还有整个世界！为的是向一位自由人复仇！

当我们到达山上，他已被高高地钉在十字架上。

我看着马利亚。她的脸色不像一位失去骨肉的女子的脸色，而是沃土一般的神色，那沃土永在生息，而又永在窆葬自己的子嗣。

然后，她眼神里回忆起他的童年。她高喊着：“不是我儿子的儿啊！你曾来临我的胎腹，我以你的力量自豪。我知道你手上滴下的每一滴鲜血，都会变为一个民族的源泉。”

“你在这风暴中死去，正如我的心曾在落日里死过一样，我不会悲伤。”

这时候，我真想拿外衣把脸遮起，跑回北国。但我突然听到马利亚的呼唤：“不是我儿子的儿啊！你对右边的那人说了什么，令他在剧痛中感到幸福？他脸上死神的阴影那么淡，他不能把眼光从你身上移开。”

“现在你对我微笑，从微笑中我知道你已经获胜。”

耶稣看着他母亲，喊道：“马利亚！从今以后你就做约翰的母亲。”

他又向着约翰说：“你要做这母亲的孝子，去她家里，让你的身影跨过我曾倚立的门槛。你要做这一切来将我纪念。”

马利亚把右手向他伸去，形如只有一枝分杈的树木。她再次喊道：“不是我儿子的儿啊！如果这是上帝的行事，愿上帝赐我们忍力与知识；倘若这是人之所为，愿上帝永远宽恕此人。”

“若这是上帝的行事，黎巴嫩的白雪便是你的灵衣；若这只是那些祭司和兵士的行为，我有这件衣裳为你遮体。”

“不是我儿子的儿啊！上帝在此建立的一切都不会消亡；而凡人所欲毁坏的，也都在他的视线之外依然矗立。”

这时，上天把他交给大地，有如留下一声呐喊，一句低语。

马利亚也把他交给人们，仿佛遗下一处伤口，一抹香膏。

她说：“看吧，他去了！战斗已了结，星辰已亮起，舟船已抵港，曾在我心头依偎的人，脉搏正在宇宙里跳动。”

我们走近她，她说：“他死时也在微笑，他获胜了。我真愿作获胜者的母亲。”

马利亚倚在年轻使徒约翰的身上，回到了耶路撒冷。她已是一位实现了愿望的女子。

到达城门时，我观察她的脸，我很惊奇：这一天里，耶稣的头是众人中最高的，但马利亚的头也同样高昂。

这一切都发生在春天。

现在已是秋季，耶稣之母马利亚已回到她的住所，独守空房。

两个安息日以前，我心里如结了石块一般愁闷，因为我儿子离我而去，到推罗的一条船上当了水手，还说他不会再回来。

有一天黄昏，我拜访了马利亚。

我走近她家时，她正坐在织机前，但不在织布，而是眺望着拿撒勒远方的天空。

我向她问候：“你好！马利亚。”

她向我张开双臂，说：“过来，坐在我身边，让我们一起来看夕阳将血倾在山间。”

我在她身边凳子上坐下，我们从窗口向西边望去。

过了一会儿，马利亚说：“不知道在这个黄昏是谁把太阳钉在十字架上?”

我说：“我来是要求你的安慰。我儿子抛下我出海去了，现在我独守路口的空房。”

马利亚说：“我乐意安慰你，但怎么做呢?”

我答：“只要你谈谈你的儿子，我就得到安慰了。”

马利亚对我笑着，把手放在我肩上说道：“我就谈谈他吧，能慰

藉你的，也能给我以慰藉。”

她便谈起了耶稣，说起许多起初的事情。

我听着她的谈话，觉得她把我们两人的儿子当成了一人。

譬如她说：“我儿子也是个水手。我把儿子托付给海浪，你为何不愿把儿子托付给海浪呢？”

“女人永远是胎腹，是摇篮，但绝不是坟墓。我们死去，是为了将生命赋予别的生命，正如我们的手指编织丝线，织就的是我们不穿的衣裳。”

“我们撒网，捕到的鱼我们却从不品尝。”

“为此我们悲伤，但在这一切中自有我们的欢乐。”

马利亚对我如是说。

我离开她回到自己家中。虽然白昼已过，我依然坐在织机前织布不停。

姓犹士都的约瑟

他们说他粗鄙不堪，是平庸的种子结出的平庸的果实。既讨厌又粗暴。

他们说只有风梳理过他的头发，只有雨洗刷过他的衣服和身体。

他们当他是疯子，说他的话是妖言惑众。

可是，你们听：被人鄙视的此人发出了挑战声，这声音将永不消逝。

他唱出了一阕歌，其旋律无人可以捕捉。这歌曲必将被世代传唱，在万邦兴起；那降生这歌的口唇，抚育这歌的耳朵也将被人铭记。

他是一位异乡人，是的，一位异乡人。他是前往圣地的旅人，是叩开我们门户的来客，是来自远方的宾朋。

因为他找不到一位慷慨的主人，便又回到了自己的故乡。

腓　力[1]

我们所爱戴的人一死，全人类便也死去，宇宙中的万物都停滞、黯然了。后来东方变得黑暗，刮起了大风暴，席卷全地。天之眼张开又闭阖，大雨流注成河，冲刷尽耶稣手脚上流下的血。

我也死去了。但在冥冥中我听到了他的话语："父啊，赦免他们！因为他们并不知道自己的所为。"

他的声音传到我受淹的灵魂，我又被带回岸上。

我睁开双眼，见他白色的身躯正悬在云中，他对我说过的言词在我身上成了形，变成了一个新人。我不再忧伤了。

谁会为揭去面纱的大海，为在阳光下朗笑的高山忧伤呢？

人，何曾从被刺穿的心底，说过这样的话语？

哪一位审判者，宽恕过审判自己的人？爱，何时曾以如此自信的力量向憎恨挑战？

这样的号角声，何曾在天地之间响彻？

先前何曾有人听说：被戮者怜惜凶手，流星为照耀鼹鼠而停下脚步？

直到地老天荒，这一番话仍不会消逝："父啊，赦免他们！因为他们并不知道自己的所为。"

你我虽再三复生，也会将此铭记。

现在我要进我的家，我要站在他的门口，做一个高贵的乞丐。

---

① 腓力，耶稣的十二使徒之一。

牙莫尼的柏巴拉

耶稣对愚笨者、迟钝者有着耐心，犹如冬天等待着春天之来临。

他像风中的大山一样富有耐心。 他对敌手尖刻的责问都作和悦的回答。

他甚至能面对无端指责、口诛笔伐而保持缄默，因为他是强者，而强者善于忍耐。

然而耶稣又是没有耐心的。

他从不宽宥伪君子，从不对奸佞之徒、油嘴之流妥协。

他也不愿受人宰制。

他不耐烦有些人因为自己缩在阴影里而不相信光明，不耐烦有些人只在空中，而不在自己心头寻求迹象。

他不耐烦有些人在把梦幻寄托给黎明或黄昏之前，要对昼夜作锱铢必较的称量。

耶稣是有耐心的，但他又是最没有耐心的人。

他会听任你织衣，即使你年复一年，在织机和麻线前度过。

但他不容许任何人撕毁哪怕是一时的布帛。

彼拉多之妻：致一位罗马妇人

我和侍女们在耶路撒冷城外的林子里散步时看见了他，有几个男女围他而坐，他正用一种我似懂非懂的语言向他们谈论。

然而人们毋需语言也可以看到光之柱、水晶之山；心灵可以领悟嘴里从不说出，耳中从未听闻的奥秘。

他在对友人们谈着爱和力量。我知道他在谈爱，因为他话音里有和柔的乐调；我知道他在论力量，因为他的手势仿佛在指挥千军万马。虽然他的言词比我丈夫的话语有更大的权威，他又很和蔼可亲。

当他见我路过，便停下谈话，和善地看我。我顿时觉得谦卑，在我的灵魂里，我知道我从一位神的身边走过。

从此以后，每当没有来客时我在家独处，他的形象就会出现；我的眼睛稍一闭阖，他的目光就会搜寻我的灵魂。他的话音控驭着我的静夜。

我永远要被紧紧制约了。但我的痛苦里有和平，我的泪水里有自由。

亲爱的朋友，你从未见过此人，也永不会见到他了。

他已经走出了我们的感官之外。但在所有人中，他现在又是距我最近的。

耶路撒冷城外的一个人谈犹大

逾越节前夕的那个星期五，犹大来到我家，使劲地敲我家门。

他进屋时，我见他脸色苍白，双手像风中的枯枝一样发抖。 他全身湿透。 犹如刚从河里爬出一般，因为那天晚上下着大暴雨。

他看我一眼，他的眼眶像两个黑洞，眼睛充血。

他说：“我把拿撒勒人耶稣交给了他和我的敌人。”

然后他绞扭着双手，说道：“耶稣说过，他会击败所有他的敌人，击败我们民众的敌人。 我信了，追随了他。”

“当他第一次召聚我们，他许诺建立一个强大而广阔的王国。于是我们虔诚地拥戴他，以冀在他的朝廷里谋一个体面的职位。”

“我们把自己视为君王，准备以罗马人之道还治其身。 耶稣人谈他的王国，我想他已经选择我驾驭他的战车，统领他的战士。 我心甘情愿地跟随他的步伐。”

“但我发现他追求的不是真正的王国，也不会从罗马人手中解救我们。 他的王国不过是心中的王国。 他谈论着爱、仁慈、宽恕，路边的妇女乐意倾听，但我的心却越发痛苦，我变得冷酷了。”

“我希冀的犹太之王似乎突然间变为一个笛手，只为安慰浪子、乞丐的忧思。”

“我曾像部族中其他人一样敬爱过他，视他为拯救我们，脱离外邦桎梏的希望。 但一旦发现他不会以任何言行将我们从这桎梏中解放出来，一旦发现他竟要把恺撒的物归给恺撒时，我大失所望，我的希望死了。 我说：‘灭我希望的人必将被灭，因为我的希望和期待比任何人的生命更为宝贵。’”

犹大咬着牙齿，垂下头来。 他又说：“我出卖了他，他今天被钉死了。 然而当他死在十字架上时，他死得像个国王。 他死在暴风雨

里，像救助者死去一样，像那些在殓衣、石墓之外长生的巨人一样。”

“在他死去的时候，他是宽厚而仁慈的，他的心里充满怜悯，甚至对出卖他的我也怀着怜悯。

我说：“犹大，你铸成大错了！”

犹大说：“他死得像个国王，但他为何不像国王一样活呢?”

我又说：“你犯下了大罪!”

他颓然坐在凳上，像石头一样无声无息。

我在屋里来回走着，我又说了一遍：“你犯下了弥天大罪!”

而犹大一言不发，依然像泥土一样沉默。

过了一段时辰，他面对我站起，似乎身材高了一些，他说话的声音就像杯盏破裂声一样，他说：“我心里已没有犯罪感。今夜我就去寻他的王国，我要在他面前请求宽恕。”

“他死得像个国王，而我将似罪人一般死去，但我心知他会宽宥我。”

说完这些，他把湿衣往身上一裹，又说：“虽然给你带来了麻烦，但我今夜有幸来你这里。你也会宽宥我吗?”

“告诉你的孩子和你孩子的孩子：加略人犹大把拿撒勒人耶稣出卖给敌人，因为他曾认为耶稣是自己人民的敌人。”

“并说犹大在他铸成大错的同一天，跟这位王来到他宝座的阶前，献上自己的灵魂，听候审判。”

“我要告诉他：我的血也渴求入土，我跛残的灵魂欲得自由。”

然后他把头靠在石墙上，大叫：“上帝啊！这可畏的名字，人们的嘴非要到死神的手指触及时才会念诵，你为何以无光的火焰将我焚毁?”

“你为何赋予那加利利人追求未知之邦的激情，而让我重负着摆脱不开宗族与家庭的欲念？这个双手沾血的犹大，究竟是什么人?”

“请助我一臂将他抛弃，犹如抛弃一件旧衣，一片破碎的铠甲。”

“请助我今夜成就此事。”

“让我再站立于这墙垣之外。”

“我已厌倦这断翼的自由，我愿有一座更大的囚牢。”

“我愿做流向苦海的泪泉，我愿受你的悲悯，而不是无休止地扪心自问。”

犹大说到这里，打开屋门，重新走进暴风雨中。

三天以后，我去了耶路撒冷，听说了发生的一切。我还听说，犹大从高岩山的顶峰跳了下去。

那天以后我沉思良久，我明白了犹大的行为。他完成了自己渺小的生命，这生命曾像一团轻雾，在罗马人奴役的这片土地上盘旋；而那伟大的先知，却在向着高空上升。

一个人希冀的是他自己将做君王的王国。

另一人渴望的是人人都成为君王的王国。

萨基斯，被称为疯子的希腊老牧人

在一个梦里，我梦见耶稣和我的潘神[①]坐在森林的中心。

他俩都被对方的话引得大笑，耶稣的笑声更为欢快。 他俩身旁的小溪也在欢笑。 他们俩畅所欲言。

潘谈起了大地及其种种奥秘，谈起他有蹄的兄弟和长角的姐妹，谈起了梦幻，还探讨了树的根茎与须芽，以及苏醒、生长、又在夏季歌唱的树液。

耶稣谈起了林中的幼苗，谈起了鲜花与果实，谈起了在尚未来临的季节里结成的果子。

他谈起了空中的飞鸟及它们在上界的歌唱，谈起上帝放牧在沙漠中的白鹿。

潘为这位新神的言谈大喜，听得眉飞色舞。

还是在这个梦里，我又梦见潘神和耶稣在幽寂的绿树荫下静息。

然后潘拿出他的芦笛为耶稣吹奏起来。

树木晃动，蕨草颤抖，我感到惊恐。

耶稣说道："好兄弟，你的笛声里有林间空地，有岩石高耸。"

潘把芦笛交给耶稣，说："现在该由你来吹笛。"

耶稣说："我的嘴不习惯你的多孔笛，我有这支长笛。"

他拿起长笛吹奏。

我听到了雨点在树叶上滴答作响，溪流在丘陵间潺潺流动，雪花在山巅淅淅而落。

往昔曾随风儿一起跳动的我的脉搏，现又回到了风中；我昨日的浪潮又拍打着我的岸陆。 我又变成了牧羊人萨基斯。 耶稣的长笛化

---

① 潘神，希腊神话中牧人之神，人身，羊脚，头上有角。

成了无数牧人手中的芦管，招呼着无数的牛羊。

这时潘对耶稣说：“你青春年少，比垂年之我更适于吹笛。我在静默中早已听到你的歌声，听人默念过你的名字。”

“你的名字听来悦耳，它必定要随树液升到枝叶，必定要借足蹄驰骋群山。”

“我对这名字毫不陌生，虽然我的父并未以此称呼我。是你的笛声唤起了我的记忆。”

“现在让我们一起吹笛吧！”

于是他们合奏起来。

他们的乐声打动了上天下地，万物闻之无不悚然。

我听出了群兽的吼声，森林的饥呼，听出了孤独人的长啸，探寻未知者的怨诉。

我听到了少女为情人的哀叹，听到了不走运的猎手追求猎物的喘息。

后来他们的音乐渐渐平和，天空与大地随之齐唱。

这一切都是我在梦中的所见所闻。

大祭司亚那[1]

他是个败类、土匪，是招摇撞骗、自吹自擂之徒。他只能迷惑那些肮脏的、被剥夺了继承权的下等人。所以，他应得到和所有污秽之流同样的下场。

他嘲弄我们及我们的律法，讥笑我们的荣誉和尊严；他还竟然说要捣毁我们的殿宇，玷污我们的圣地。他恬不知耻，所以该让他可耻地死去。

他是来自异教的加利利的外邦人，来自北国，在那里，阿多尼斯和阿什塔特依然在和以色列及以色列的神明争雄。

他在引述我们先知的言论时支吾其词，可他说起贱民群氓的粗言鄙语时却气壮如牛，震耳欲聋。

除了判处他死刑外，我还有什么选择?

难道我不是殿宇的守卫者吗?不是律法的维护者吗?难道我可以对他置之不理，心平气和地说："他是一个疯子。让他独自胡言乱语自厌其烦好了，因为疯癫的、着了魔的人阻挡不了以色列的道路?"

难道我可以闭耳塞听，听任他骂我们是骗子、伪君子、豺狼、毒蛇、毒蛇的子裔?

不，我不能对此置若罔闻，因为他并不是疯子。他的头脑是清楚的，他以清醒的神志，谴责并讨伐我们所有人。

因此，我让他被钉死。他的死，是给他那些可恶同道的信号和警告。

我很清楚为此我要受到责备，甚至受公会里一些长老的责备。但我现在和当初都确信：与其众人被一人引入歧途，不如一人为众人

---

① 亚那(Annas)：耶路撒冷的大祭司，是第一位祭司该亚法的岳父。

而死去。

犹太曾被一个外来的敌人战胜。我要务必使犹太不再被内部的敌人战胜。

不能让该诅咒的北国人进入我们至圣的神殿，不能让他们的身影掠过神的约柜[①]。

① 约柜，摩西奉上帝之命所造的木柜，内藏刻有上帝与犹太人所立约法（即十诫）的石板。

马利亚的一位女邻居

他死后的第四十天，邻近所有的妇女都来到马利亚家中，对她表示安慰，并吟唱挽歌。

有一位妇女的挽歌这样唱道：

我的春天去了何处，去了何处？
你的芬芳上升到别的什么空间？
你在别的什么田野漫步？
你向何处的天空昂头将胸臆发抒？

这些山谷将要荒芜，
我们将只有干涸的不毛地。
一切绿色植物将受烈日煎烤，
我们的果园将结酸涩的苹果，
我们果园的葡萄将要发苦，
我们将渴求你的醇酒，
思念着嗅闻你的气息馥馥。

我们初春的鲜花去了何处，去了何处？
你是否不再归来？
你的茉莉花是否不再对我们绽开？
你的仙客来是否不再立于我们路旁，
不再说我们的根也深扎在沃土，
我们无止的气息永在攀升高处？

耶稣，你去了何处？去了何处？
我邻居马利亚的儿子，
我儿子的伙伴，我们的初春，
你在何处，去往哪一片田野？
你是否不再归来？
是否会值你爱的高潮，
再临我们梦中荒瘠的岸陆？

胖子亚哈斯，旅店主人

我清楚地记得最后一次见到拿撒勒人耶稣的情景。那个星期四的中午，犹大来找我，让我为耶稣和他的朋友们准备晚饭。

他给了我两块银子，说：“你去买一些晚饭需要的东西。”

他走后，我妻子说：“这真是荣幸。”因为耶稣已经成为一个先知，曾经行过许多奇迹。

黄昏时，耶稣和他的弟子们来了。他们在楼上的餐桌旁入座，但个个默不作声。

去年和前年，他们也都来过。当时他们兴致很高。大家擘饼，喝葡萄酒，唱着我们的古谣。耶稣要对他们谈到深夜，然后其余人回房间睡去，剩下他一人在楼上，因为夜深后他愿一人独处。他一直不眠，我躺在床上还能听到他的脚步声。

但这一次，他和他的朋友们却闷闷不乐。

我妻子准备了加利利湖的鱼、填塞了大米和石榴籽的浩兰野鸡。我给他们端去一罐柏叶酒。

然后我便走开，因为我感到他们想单独在一起。

他们呆到天色大黑，然后一起下楼。耶稣在楼梯口停了一会儿，他看看我和妻子，用手抚摩我女儿的头，说道：“祝你们全家晚安！我们还会再回到楼上，但不会只呆这么短时间。我们要住到太阳东升。”

“过一会儿我们就回来，要更多的面包和葡萄酒。承蒙你们夫妇热情招待，我们回家后坐到桌边时，还会想念你们。”

我说：“先生，侍候您是我们的荣幸。正因为您的光临，别的店主才羡慕我，在街上我对他们自豪地微笑，有时还做个得意的鬼脸。”

他说：“所有的店主都要为服侍别人自豪。 因为递上面包和酒的人，和那些收割、捆束、打谷的人，以及在酒坊榨葡萄酒的人都是兄弟。 你们都为人善良，即使对又饥又渴、身无分文的人，你们也慷慨招待。”

然后他转向掌管同伴们钱袋的加略人犹大，说：“给我两块银钱。”

犹大给他两块银钱，说：“这是我钱袋里的最后两块银钱了。”

耶稣看他一眼，说：“很快，要不了多久，你的口袋里就会装满银钱。”①

然后他把两块银钱放我手中，说道：“用它为你女儿买一根丝腰带，让她在逾越节系上，以此纪念我。”

他又端详我女儿的脸，然后弯腰吻了她的前额，最后又说了一句：“祝你们晚安!”

他走了。

我听说，他对我们说的话，都被他的一位朋友记在羊皮纸上。但我向你所述的，是我听他亲口讲的。

我永远忘不了他说这句话时的声音：“祝你们晚安!”

你若想了解他更多的故事，就去问我女儿。 她现在已是个妇人，但依然珍惜着少女时代的回忆。 她比我更乐意叙谈。

① 犹大出卖耶稣，得了30块银钱。

巴拉巴①：耶稣最后的话

他们释放我，而选择了他。于是他荣升了，我却倒下。

他们捉拿他，是要他作逾越节的祭品。

我被解掉锁链，随着人群走在他后面，但我不过是走向自己坟墓的活人。

我真想逃到沙漠去，因为在那里羞耻会被烈日烤尽。

但我还是随那些选他担当我罪的人们前行。

当他们往十字架上钉他时，我站在一边。

我在看，我在听，但我似乎已灵魂出窍。

钉在他右边的偷贼对他说："连你，也跟我一起流血吗，拿撒勒人耶稣?"

耶稣答道："要不是这钉子钉住了我手，我会伸过来同你握手。我们一同被钉在这里，但愿他们让你的十字架靠我更近些。"

然后他向下俯视，看着他母亲和站在她身旁的一个年轻人。

他说："母亲，瞧你身旁站着的儿子!"

"母亲，看那将把我的血滴带到北国去的人!"

当他听到加利利妇女们的哭声，他说："看哪，她们哭泣，而我却干渴着!"

"我被架得太高，得不到她们的泪水。"

"我不会以酸醋和胆汁来解渴。"

然后他对着天空圆睁双目，说道："父啊，你为何离弃我们?"

---

① 巴拉巴，一名囚犯，耶稣被判刑时他在狱中。当时巡抚有在节期里应众人要求释放一个囚犯的惯例，众人在祭司长的唆使下要求释放了巴拉巴，而让耶稣钉在十字架上。

接着又以怜悯的语气说：“父啊，赦免他们，因为他们不知道自己的所为！”

当他说完这些，我似乎看到所有人都在上帝面前匍匐，为钉死这个人而乞求宽恕。

他又高声说道：“父啊，我把我魂交在你手里了！”

最后，他昂起头说道：“现在完结了，但仅仅是在这座山上的完结。”

他闭上了眼睛。

此时，闪电撕裂了黑暗的天空，空中响过一声惊雷。

我现在知道，那些杀死他放了我的人留给了我无穷的折磨。

他的受刑只持续了一个时辰。

而我将一直钉在十字架上，直到我岁月的终结。

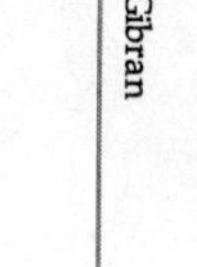

革老丢，罗马侍卫长

他被捕后，他们把他交给我。 本丢·彼拉多命令我监护他到次日早晨。

我的士兵把他当狱犯带走，他顺从了他们。

半夜时，我离开妻儿去军库察看。 我已经习惯四处走走，确认我在耶路撒冷的兵营太平无事。 那天夜里，我去察看关押他的军库。

我的士兵和几个年轻犹太人正在作弄他。 他们剥下了他的衣服，把去年的荆棘枝做成的冠戴在他头上。

他们让他靠在一根柱子上，在他面前跳着，喊叫着。

他们还让他手抓一根芦苇。

我走进时，有一个人叫道："看哪，长官，这是犹太人的王！"

我在他面前站住，看了他一眼，我羞愧起来，但不知为何。

我曾在高卢及西班牙打过仗，和士兵们出生入死，从不曾畏惧和怯懦过。 但当我站在此人面前，当他看着我时。 我顿时惊慌失措。我的双唇似乎被人封住，一个字也说不出来。

我马上离开了军库。

这偶然的事情发生在三十年以前，我的当时还是婴孩的儿子们现都成人，在为恺撒和罗马服务。

但我经常提及他来告诫他们，我告诉他们说，他面对死亡时唇上洋溢着生命的元气，眼里流露出对凶手的怜悯。

而今我年迈了，已经尽享天年。 我深信：庞贝和恺撒都不如那位加利利人更堪称伟大的统帅。

因为在他未作抵抗而就义后，大地上兴起了一支为他奋战的大军……耶稣虽死，但却比活着的庞贝和恺撒受到更大的尊崇。

主的兄弟雅各：最后的晚餐

那一夜的记忆，曾经造访我一千次；我现在知道，它还要再造访我一千次。

大地会忘却在它胸膛上犁下的沟畦，妇女会忘却生育的痛苦与欢乐，而我却忘不了那一夜的情景。

那天下午，我们都在耶路撒冷城墙外面，耶稣说道："让我们现在进城，在旅店里用晚餐吧。"

来到旅店时天色已晚，我们感到饥饿。店主向我们问候，领我们来到楼上。

耶稣让我们围餐桌坐下，他自己却站着，目光扫视着我们。

他对店主说："给我拿一只盆、一壶水和一条布巾来。"

他又把目光转向我们，和蔼地说："把你们的鞋脱下吧！"

我们不解他的用意，但都顺从地脱下鞋。

店主拿来了盆和水壶。耶稣说道："现在我要替你们洗脚，我要洗掉你们脚上往昔路途的尘土，给予它迈向新路的自由。"

我们听了都觉得不安与羞愧。

西门彼得站起说道："我怎能有劳我的圣主为我洗脚呢？"

耶稣答道："我为你们洗脚是要你们明白：侍奉人的将是众人中最伟大的。"

他环视了众人，说道："挑选你们作兄弟的人子，他的脚昨天抹了阿拉伯的没药，又由一位女子用头发擦干①，现在他想为你们洗脚。"

---

① 在耶稣的最后一个逾越节前，一位叫马利亚的女子曾用香膏为他抹脚，又用自己的头发擦干。

于是他拿起盆和水壶，跪下为我们洗脚，首先从加略人犹大开始。

然后他和我们一起在餐桌前坐下，他的脸色，就像经过一夜流血激战后战场上升起的黎明。

店主和他妻子把食物和酒端了过来。

我虽然在耶稣跪着为我洗脚之前感到饥饿，但现在却毫无食欲。我喉咙中似有火焰燃烧，但我不想用葡萄酒把它浇灭。

接着耶稣递给我们一个饼，说：“或许我们再不会一起擘饼了。让我们吃下这口面包，以纪念我们在加利利的日子。”

他把酒罐里的酒斟到杯里，喝了一口，然后递给我们，说：“喝下这酒，以纪念我们曾共同体验的干渴，并憧憬畅饮新酒的希望。当我离你们远去后，你们在此处或别地相遇时，该像现在一样擘饼而食、斟酒而饮；然后环顾四周，你们或许会见我与你们共坐桌旁。”

说完，他开始为我们分鱼和鸡肉，就像鸟喂养它的雏鸟一般。

我们吃得虽少但已饱足。我们略沾滴酒，感到这杯盏仿佛是横亘在此地与彼乡之中的间隔。

耶稣又说：“在我们离席散去之前，让我们站起来，齐唱加利利欢乐的颂歌。”

于是我们站了起来齐声歌唱，他的歌声最为洪亮，他唱的每一个字都余音缭绕。

他在我们众人脸上一一扫视，说：“现在我要与你们辞别，让我们走出这墙垣之外，去往客西马尼。”

西庇太的儿子约翰问道：“主啊，你为何要在今夜与我们辞别?”

耶稣答道：“莫要为此心生烦恼。我告别你们，只是要在我父的宅中为你们准备一处地方。若是你们需要我，我会回到你们中间。你们的精神在哪里追寻我，我就会在哪里呈现。”

“莫忘记：干渴将人引向酒坊，饥饿把人领入婚筵。”

“在思念中你们将发现人子，因为思念是酣喜的源头，是通往天父的道路。”

约翰又说："如果你真要离开我们，我们怎能心情好呢？你为何要说起分离呢？"

耶稣回答："被追猎的牡鹿在感到胸口中箭以前，就已知道猎人的弓箭；河流在抵达海岸以前，也已晓得大海 人子已经走过了众人的旅途。"

"当别的杏树在阳光下绽开花蕾以前，我的根将抵达另一片田地的心中。"

这时西门彼得说："主啊，不要在现在离开我们，剥夺你为我们带来的欢乐。我们愿伴随你去往天涯海角。"

耶稣拍着西门彼得的肩膀，微笑地对他说："谁知道你在今夜过去之前会不会不认我呢？会不会在我离开你们之前先离开我呢？"①

然后他突然说："让我们现在就走吧。"

他带着我们离开了旅店。但我们到达城门时，加略人犹大已经不在。我们穿过了杰汉纳姆之谷。耶稣远远地走在前面，我们互相紧挨着在后面跟随。

当他走到一片橄榄林时，他停下转身对我们说："在这里休息一个时辰吧。"

虽然时值阳春，但夜间仍有寒意。桑树正生出嫩叶，苹果树已经开花，林子里芳香扑鼻。

我们每人找了一棵树就近躺下，我裹着衣服，在一棵松树下躺倒。

耶稣独自在橄榄林里踱步，我注视着他，别人已经入睡。

他往往突然停下不动，然后继续来回走动，走走停停反复了几次。

后来我见他对着空中仰起头，双手上举，伸向东西两边。

以前有一次他曾说过："天堂、大地和地狱都是由人构成的。"

---

① 耶稣被捕的当夜，西门彼得为逃脱士兵的追捕，曾三次否认认识耶稣，印证了此前耶稣的预言。

现在我想起了他的话，我发现在橄榄林里踱步的他，乃是天堂里造就的人。我以为大地的子宫并非始与末，而是一驾战车，一次暂息，一刻令人惊奇的瞬间。在横亘于他与“圣城”之间的杰汗纳姆之谷中，我看见了地狱。

在他站立的时候，我裹着衣服躺在地上，听着他的话音。但他不是对我们说话，我只听到他几次说到“父啊”。

过了一段时间，他垂下双臂，像一棵柏树静立于我的视野里。

最后，他又朝我们走来，说：“醒醒，起来吧，我的时辰已到，全世界已经武装起来对付我们。”

“刚才，我听到我父的声音。若我不能再见到你们，就记住：征服者只有被征服时才得到和平。”

当我们站起围到他身边，他的脸色犹如沙漠上的星空一般。

他吻了我们每人的脸颊，在吻我时，我感到他双唇发热，如发热的孩童的手。

忽然，我们听到远处传来一片喧声，似乎来者甚众。等喧声至近，只见一群人手拿灯笼、棍棒匆匆而来。

当他们来到树篱边，耶稣往前朝他们走去。为他们带路的原来是加略人犹大。

罗马士兵手抓着剑与矛，耶路撒冷人则手持棍棒与铁镐。

犹大来到耶稣面前吻了他，然后告诉兵丁们：“就是此人。”

耶稣对犹大说道：“犹大，你对我颇有耐心，这事昨天你就可以做的。”

然后他转向兵丁们说：“现在就抓我吧，但你们的牢笼应该足够容纳下这些翅膀。”

于是，他们大声叫喊着，扑过去抓住了他。

而我们都惊恐得四散逃去。我一人逃到橄榄林中，惊魂失魄，心里充满畏惧。

这一夜剩下的两三个时辰里，我到处逃跑、躲避。黎明时，我发现自己已经在耶利哥附近的一个小村里。

我为什么竟离开了他？我不知道。但令我悲哀的是我确实离开了他。我是个懦夫，在他的敌人面前逃跑。

我心烦意乱，羞愧难当。我回到耶路撒冷时，他已被囚禁，没有朋友可以同他说话。

他被钉在了十字架上，他的鲜血浇沃了大地的新土。

我还依然活着，借着他的甜美之声所酿的蜜而生活。

古利奈人西门[①]

我在去地里的路上见到他扛着十字架，后面跟着人群。

于是我也走在他的身旁。

十字架压得他几次停下，因为他已精疲力尽。

这时，一位罗马士兵走近我说：“过来，你身强力壮，你来扛这人的十字架吧。”

我一听这话，心里激动不已，感之不尽。我扛起了他的十字架。

十字架很沉，因为它是用冬雨里泡透的白杨木做的。

耶稣看我一眼，说：“你也来喝这一杯吗？你真的会和我一起从这杯沿上啜饮。”

说话间，他把手放在我的空肩上。我们一起向髑髅山[②]走去。

现在我不再觉得十字架的重量，我只感觉到他放在我肩上的手，感到我肩上仿佛生长了鸟翼。

我们来到了山顶，人们将在这里把他处死。

这时，我感到了十字架的重压。

当钉子钉进他的手脚时，他一言未发，也没有哼叫一声。他的四肢在锤击之下也未颤抖。

他的手脚仿佛已经僵死，只有在鲜血中沐浴才会复活。同时，他仿佛又在谋求着被钉，一如王子谋求着权杖。他渴望着被举到高处。我心里想到的并不是对他的怜悯，因为我心里充满了惊奇。

现在，我为他扛十字架的此人，变成了我的十字架。

---

① 古利奈人西门，此人曾在耶稣去被钉的路上为他背十字架。

② 髑髅山，又名各各他，是耶稣被钉在十字架的地方。

如果人们再对我说：“你来扛这人的十字架吧。”我还愿扛着它，直至我的道路在坟墓终结。

但我还要求他将手放在我的肩上。

这是多年以前的事情。至今，每当我沿垄沟走向田地，每当我昏昏思睡之际，我时常想起这位可爱的人。

我觉得他带翼的手掌，就放在这儿，我的左肩上。

犹大的母亲赛波利

我儿子是个正直的好人。他待我温良孝顺。他热爱族人和同胞，憎恨我们的仇敌——可恶的罗马人，因为他们不事纺织，却穿起了紫袍；不曾耕种，却囤积着粮食。

我儿子十七岁那年，就因对着路过我们的葡萄园的一支罗马人队伍射箭而被捕。

还在那个年龄，他就常对其他年轻人谈论以色列的荣耀，还说出许多我不懂的怪事情。

他是我的儿子，我唯一的儿子。

他从我现已干瘪的乳房里吮吸了生命；他曾抓住我的手指——它们现在已变得像颤抖的芦苇一般，在这座花园里蹒跚学步。

那时我的这双手，像黎巴嫩的葡萄一般鲜嫩光润。我就用这双手，把儿子穿的第一双鞋，包在母亲给我的亚麻布手巾里存放。这鞋我仍然保存在窗边的柜子里。

他是我初生的孩儿，当他迈出最初的脚步，我也迈出我最初的脚步，因为母亲只有在儿子的牵引下方始远行。

现在人们告诉我他已经自杀，说他怀着悔恨从高岩山跳下，因为他背叛了他的朋友——拿撒勒人耶稣。

我知道我儿子已死去。但我相信他没有背叛任何人，因为他爱着他的家族，他恨的只有罗马人。

我儿子孜孜以求以色列的荣耀，这体现在他的一切言语与行动上。

当他在大路上遇见耶稣后，他便离开我跟随他去。我心里知道他跟随任何人都是错误的。

当他向我辞行时，我说他犯了错误，但他没有听信。

我们的孩子不会听从我们，正如今天的高潮不再采纳昨日潮汐的忠告。

我求你们不要再追问有关我儿子的事情。

我爱过他，并将永远爱他。

如果爱仅存于肉体，我愿用烙铁将肉体焚灭，以求宁静；然而爱存在于灵魂，无从触及。

现在我不愿再说了。 你们去问另一位妇人吧，她比犹大的母亲更受人尊敬。

你们去问耶稣的母亲吧。 刀剑也穿透了她的心，她会向你们谈起我，你们会理解的。

比布鲁斯的妇人：一首哀歌

和我一起哭泣吧，阿什塔特的姑娘，坦木
　　兹[①]所有的恋人们！
让你们的心融化、升起，化为血泪涌流，
因为金子与象牙做成的他已不复存在。
野猪在黑暗的林中击倒了他，
又用利牙扎进他的肉体。
他如今在旧岁的落叶覆盖下长眠，
他的足印将不再唤醒睡在春天怀里的种子，
他的声音不再随黎明来临我的窗前，
我将永远孤独一人。

和我一起哭泣吧，阿什塔特的姑娘，坦木
　　兹所有的恋人们！
因为我的所爱已离我而去，
他的言谈犹如江河发出宏声，
他的话音乃是时代的孪生兄弟，
他的嘴里是变得甜蜜的红色痛苦，
他的唇间胆汁将要化为糖蜜。

和我一起哭泣，阿什塔特的姑娘，坦木
　　兹所有的恋人们！
一起在他灵柩旁如星星洒泪一般哭泣，

---

① 坦木兹，中近东一带农业和春天之神，是阿什塔特的情侣。

如月之瓣落在他受伤的身上。
让你们的泪水湿透我床上的丝罩，
那是我的爱者在我梦里偃卧的地方，
当我醒时他却又离开远去。

我恳请你们，阿什塔特的姑娘，坦木兹所
　　有的恋人们！
袒开你们的胸膛哭泣，将我慰藉，
因为拿撒勒人耶稣已经死去。

抹大拉的马利亚：三十年以后

我要再说一遍：耶稣以死亡征服了死亡，并从坟墓中化为精神和力量升起。他在我们的孤寂中独步，他赴我们激情的花园里做客。

他并非躺在石头后面凿开的磐石里①。

我们这些爱慕他的人，通过受他启蒙的眼睛看到了他，借着受他训导的双手触摸过他。

我了解你们这些不信他的人，过去我也是你们中的一位，但你们的人数必定会减少。

你们非要打破竖琴或七弦琴，才能发现其中的音乐吗?

你们非要砍倒一棵果树，才能相信它结着果实吗?

你们憎恨耶稣，因为北国有人说他是上帝之子；但你们又彼此憎恨，因为你们每一个人都自以为伟大，不愿成为别人的兄弟。

你们憎恨他，还因为有人说他是童贞女所生，不是人播下的种子。

但你们不了解有的母亲以童贞之身走进坟墓，也不了解有的男人被自己的渴欲窒息而下到墓穴。

你们不知道大地被嫁给太阳，乃是大地将我们交付给高山与大漠。

在爱他者与恨他者之间，在信奉者与不信者之间，有张着大口的鸿沟。

---

① 耶稣死后，他的遗体由一位门徒安放在凿在磐石里的坟墓中。

而一旦岁月在这鸿沟上架起桥梁，你们就会知道：曾生活在我们中间的他长生不死；他确是上帝之子，一如我们是上帝的孩子；他确是童贞女所生，正如我们是未配夫君的大地所生。

说来奇怪，对不信者，大地并不赋予他们吸取她胸乳的根须，也不赐予他们赖以高飞并饱饮她空中甘露的翅翼。

而我知道这一切，这就足够了。

一个来自黎巴嫩的人：十九个世纪以后

主啊，伟大的歌手，
未道之言的主人！
自从你匆匆来访，我们作简短迎候，
我曾七次诞生，也曾死去七次。
而今我又复生，
思忆着山中的日夜，
你的潮汐将我们举起的时候。
以后我跨越了许多大地与海洋，
无论马鞍或舟帆将我带到何方，
你的名字都被用来祈祷或争辩。
人们或为你祝福，或将你诅咒，
诅咒，无非是对失败的抗议；
祝福，乃是猎手作的赞美诗：
当他从山中得意归来，
为妻子带回美味时唱颂。

你的朋友们依然和我们同在，
给我们慰藉和声援，
你的敌人也在此，给了我们力量和自信。
你母亲和我们同在，
我从所有母亲的脸上看到她的神色，
她用手轻柔地晃动摇篮，
又用手温存地为死者穿起殓衣。

抹大拉的马利亚还在我们中间，
她尝过人生的酸醋，后来又饮人生的美酒。
犹大，这痛苦又有着琐小抱负的人物，
也在大地上行走，
至今他在饥饿无望时，仍会将自己攫食，
从自戕中寻到他的“大我”。

约翰，爱美的青年，也在这里，
虽无人留意他的歌声，他还在歌唱。
鲁莽的西门彼得，他不认你，
只为了为你而活得更久，
他也坐在我们的炉边；
在下一个黎明前他或许再不认你，
但他愿意为你去被钉死，
还称自己不配这一荣誉。
该亚法和亚那依然操其旧业，
审判着有罪者和无辜人，
他们在铺着羽绒的卧榻上酣睡，
而被他们判决的正受着棍棒的抽打。

那个在行淫时被捉拿的女人，
也行走在我们城市的街上，
她渴望着未焙出的面包，
在空荡的房里忍受着孤独。
本丢·彼拉多也在这里，
敬畏地站在你的面前，
依然在向你讯问；
但他不敢以他的地位冒险，
也不敢无视异族的威势，

他还在洗着自己的双手。①
至今，耶路撒冷还捧着水盆，罗马还提着水壶，
两地间的千万双手在等待洗净。

主啊，伟大的诗人，
已吟唱之言的主人！
人们建立起殿宇以容庇你的大名，
在每一处高地将你的十字架竖起，
作为引导他们动摇之足的标记，
却不是为博取你的欢心。
你的欢乐是他们视野以外的山峦，
且不会令他们感到舒坦。
他们愿尊崇难以理解的人物，
而一个与他们一样的人，
若和他们一样的善良，
或一个有着同等爱心的神灵，
他的怜悯也无异于他们的怜悯，
这样的人或神灵能带来什么慰藉？
他们并不尊崇那个人，那个生者，
那睁开眼睛，以不颤动的目光，
凝视太阳的第一人，
不，他们不了解他，也不愿做他的同道。
他们情愿不被知晓，在幽僻的行列里彳亍，
他们愿忍受忧愁，他们的忧愁，
他们不愿从你的欢乐中得到安抚，
他们创痛的心不在你的吟唱中寻求慰藉，

① 巡抚彼拉多在同意对耶稣施刑以后，曾在众人面前洗手，以表示流耶稣的血与他无关。

他们无声而未成形的痛苦，
令他们成为孤独而无人造访的生灵。
他们虽身处亲朋眷属之中，
却在恐惧中无人相伴地生活。
然而他们又不愿孤独，
当西风拂起，他们会向东折腰。
他们称呼你为王，
他们愿进入你的朝廷，
他们为你冠以弥赛亚的名称，
他们愿自己受圣油涂抹，
噢，他们愿在你的生命之上生活。

主啊，伟大的歌手！
你的泪水犹如五月的甘霖，
你的笑容仿佛茫茫大海上的波涛，
当你说话，你的言词便是
他们唇间燃起火焰时发出的遥远的微语。
你为他们尚未准备欢笑的骨髓欢笑，
你为他们依然干涸的眼睛哭泣，
你的声音栽培了他们的思想与悟性，
你的声音哺育了他们的言论和气息。

我曾七次诞生，也曾死去七次，
而今我又复生，我见到了你，
你是战士中的战士，
诗人中的诗人，
是一切君王之上的君王，
是你的同路人中一位半裸的人。
每天都有主教低下头来，

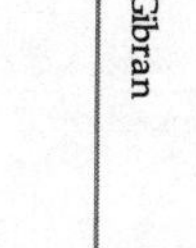

口念着你的名字。
每天都有乞丐哀求：
“看在耶稣的面上，
赏我一便士买个面包。”
我们每个人相互吁求，
其实我们在向你吁求。
我们在需求和愿望之春里，如涌动的高潮，
当我们的秋季来临，又如退落的低潮，
我们无论身处高低，都在呼唤你的名字：
怀有无穷怜悯的主人！

主啊，我们孤寂时光的主人！
这里或那里，在摇篮和墓茔之间，
我遇见了你静默的兄弟们，
那些不受拘束的自由人，
你的大地母亲与宇宙的儿子。
他们有如天空的飞鸟，
又如田野盛开的百合花。
他们过着你的生活，思索着你的思想。
他们回应着你的歌唱。
然而他们两手空空，
也未承受被钉死的剧痛，
这也正是他们的痛苦所在。
世界每天都以不足道的方式，
把他们钉在十字架上，
苍天不曾为之震悚，
大地也不为死者而阵痛。
他们受此酷刑，却无人见证他们的受难，
他们左右环顾，

却找不到有人在自己的王国里，
为他们许下一个位置。
然而他们情愿一再受此酷刑，
以冀你的上帝也为他们的上帝，
你的父也为他们的父。

主啊，伟大的爱者！
在芳香的闺阁里，公主在等待你的来临，
已婚的独身女子在她的笼中等待，
觅食的妓女在她耻辱的街市上等待，
没有丈夫的修女在修道院等待，
没有孩子的妇人在窗前等待：
寒霜在她玻璃上凝成树林的图案，
她从这和谐的画里看见了你，
她愿如母亲一般抚爱你，并得到慰藉。

主啊，伟大的诗人，
我们无声之愿望的主人！
世界的心随你的心脏一起搏跳，
但它不会为你的歌唱燃烧；
世界怀着平静的愉悦端坐，听你的话音，
但它不会昂然而起，
攀登你山峦的岩脊。
人类会梦着你的梦幻，
但不会醒来迎接你的黎明——他更大的梦幻；
他会假借你的目光察视，
但不会迈开沉重的脚步走近你的宝座。
倒是有许多人以你的名义登基为王，
凭你的力量升任主教，

利用你珍贵的莅临，
做成他们头戴的王冠、手执的权杖。

主啊，光明的主人！
你的眼睛长在盲人摸索的手指上，
你仍然被人蔑视受人讥讽，
说你是过于软弱不似神灵的人，
是有过多人性不必崇拜的神。
他们作的弥撒和赞美诗，
他们作的发誓和祈祷，都是为他们受羁的自我，
你是他们依然迢遥的自我，
是他们远方的呼唤，是他们的热情。
可是主啊，心怀博大的主啊。
我们更美的梦幻中的骑士！
你今日依然在前进，
弓箭和矛枪都阻挡不了你的脚步，
你在我们的箭林中穿行，
你俯瞰着向我们微笑，
虽然你是我们中最年轻的，
你却如父亲一般照料着我们众人。

诗人啊，歌手啊，伟大的心啊！
愿我们的上帝祝福你的名字，
祝福怀你的胎腹，哺育你的胸脯。
愿上帝宽恕我们众人。

1931

薛庆国 译

大地神

当这第十二个兆年的夜晚降临，
当寂静，这夜的高潮，淹没了群山，
三位大地出生的神灵，生命的主宰巨人，
出现在山脉的峰峦。

江河在他们的足下流淌，
雾霭飘过了他们的胸膛，
他们的头威武地昂起在世界之上。

他们开始说话，有如远方的惊雷，
他们的话音震撼了平川。

甲　神

风向东方吹去，
我要把脸掉转向南，
因为我闻到随风飘来死尸的臭气。

乙　神

这是肉体焚烧的芳香，甜美而浓烈，
我乐意在这芬芳里呼吸。

甲　神

这是死神在自身的微火上烤出的气味，
弥漫在空中令人窒息，
有如地狱飘出的恶臭，
它令我心烦意乱，
我要把脸向没有气味的北方掉转。

乙　神

这是多虑的生命燃烧时的芬芳，
我要在此呼吸，并愿长此以往。
神灵依赖着祭品为生，
他们饮鲜血以解干渴，
又用青春的灵魂充填饥肠；
与死神为伴者不死的叹息，
令他们的肌腱变得坚强，
他们的宝座建筑在百代的灰烬之上。

甲　神

我的灵魂已对万物感到厌烦，
挥一臂以造世界，或者将其毁灭，
我都懒得去干。
若能死去，我愿不再生存，
因为万古的积重令我不堪负荷，
大海无休止的呜咽惊扰着我的睡眠。
但愿我能忘记最初的目的，

如废弃的太阳一般殒灭；
但愿我能摆脱神性的意义，
将我的永生吐入宇宙，
让自己无影无踪。
但愿我被耗尽，从时间的记忆里销匿，
遁入乌有的虚空！

丙　神

请听，我的兄弟们，我远古的兄弟们！
在远方的山谷，有一位青年，
正向静夜吟唱他的衷肠，
他的竖琴是由黄金和乌檀做就，
他的歌声犹如银铃金钟般脆亮。

乙　神

我不会如此虚无，竟想化为乌有，
我只能选择最艰难的道路：
追随季候，维护岁月的威严，
播撒种子，看幼苗破土而出；
召唤花朵跃出僻隐的角落，
给它力量，让它将自己的生命哺育，
又在林间风暴大笑时把它拔除；
让人类升起，脱离幽冥的黑暗，
又让他的根须紧恋着泥土，
令他对生命产生渴求，却让死神为他斟酒；
为他赐予爱情，让爱伴着痛苦兴盛，
携着愿望飞扬，又随思念增长，

并在第一次拥抱后萎枯；
用更高远白昼的梦包围他的夜晚，
向他的日子输入酣喜之夜的梦幻，
又限制他的白昼和夜晚，
让日日夜夜雷同一致，循环往复；
使他的幻想似山中兀鹰般逍遥，
令他的思绪如海上卷起的风暴，
却又给予他优柔寡断的双手，
他的脚步也谨小慎微，逡巡踟蹰；
给他欢乐，让他在我们面前高歌，
予他忧愁，使他对我们有所吁求，
一旦大地饥饿时为觅食喊叫，
便要令他倒下折服；
让他的灵魂高翔于天宇之上，
得以先尝我们明日的滋味，
却让他的身躯在泥潭匍匐，
令他对自己的昨日铭心刻骨。

我们将如此控驭人类以至万古，
支配他随母亲的尖叫而始的气息，
直到最终子女们为他哀悼恸哭。

甲　神

我的心饥渴，但我不饮荏弱之民的贫血，
因为那杯盏肮脏，那苦酒难以下咽。
我和你一样，曾把黏土捏成有呼吸的生灵，
它们从我指间蠕动，进入沼泽和群山。
我和你一样，曾点燃太初生命黑暗的深潭，

目睹生命从洞穴向高岩攀缘。
我和你一样，曾把美丽的事物遍布春天，
只为诱惑年轻人，支配他生息繁衍。
我和你一样，曾将人类引往圣殿神宇，
把他们对幽冥之物无声的畏惧，
转为对素昧平生的我们战栗的信念。
我和你一样，曾以狂飙驾驭他的头脑，
让他对我们弯腰屈膝，
又摇撼他足下的土地，令他向我们哭喊。
我和你一样，曾卷起惊涛袭击他的栖岛，
直至他在哀求声中命赴黄泉。
我做过这一切，还有的不胜枚举，
我做过的一切都是虚空枉然。
枉然的是醒觉，虚空的是睡眠，
三倍虚空加枉然的便是梦幻。

丙　神

兄弟们，我威严的兄弟们，
在下界桃金娘开放的花丛，
有位姑娘对着月亮起舞，
她头发上有一千颗闪着星光的露珠，
她步伐间有一千个翅膀在扇扑。

乙　神

在第一个黎明绛紫色的雾霭里，
我们种下人，我们的葡萄树，又耕耘土壤；
我们目睹纤弱的树枝长大，

在没有季候的岁月，日复一日，
我们培育着嫩叶生长。
我们保护花蕾不受恶劣环境的侵害，
又避开黑暗的幽灵，把花朵悉心护养。
而今葡萄树已结满葡萄，
你却不愿采撷酿酒，舀饮满杯的醇酿。
谁的手比你更有力量，更配收获这果实？
等待这酒的结局，有何比解你干渴更高尚？
人，是为神灵备的食物，
人的荣耀乃是始于
他盲目的气息吸进神灵圣洁的口腔。
人类的一切若止于人间便毫无价值，
孩童的天真，青年甜美的酣喜，
刚毅的中年的激情，老者的智慧，
君王的显赫，战士的凯旋，
诗人的名望，空想家和圣人的荣誉，
这一切的一切，都是供给神灵的食粮。
这食粮只会成为粗陋的糟粕，
若不经神灵放到嘴里品尝。
正如无声的谷子被夜莺吞下便化为恋歌，
人只有作神的食粮，才能品试神性的感觉。

甲　神

哀哉，人成了神灵的食肴！
人的一切都要上到神永恒的餐桌！
怀胎的痛苦，行将分娩的艰难，
刺破赤裸之夜的婴儿盲目的啼哭，
为挤出生命的乳汁筋疲力竭，

又抵抗着瞌睡诱惑的母亲的苦楚，
备受折磨的青年灼热的气息，
未宣泄的激情在重荷下的啜泣，
开垦荒地的成年人滴汗的额头，
力不从心时苍白的暮年的悔悟，
都在呼叫着坟墓。
看哪，这就是人！
他是饥渴中孕育的生命，却作了饥渴神祇的食物，
是尘土里爬伸的蔓藤，而踏在不死之死神的脚下，
是魔影幢幢的夜里绽开的花朵，
是悲哀的日子、恐怖和耻辱的日子结出的葡萄，
然而你却要我吞食，啜饮！
你要我坐在披着尸衣的面孔中间，
从又冷又硬的嘴唇吸取生命，
从枯萎的手中获得永生?!

丙　神

兄弟们，我可畏的兄弟们！
那青年的歌声愈加深情，
他的歌喉愈加高亢，
他的歌声震撼了森林，
刺破了青天，
把大地从睡眠中惊醒。

乙神(总是不听不闻)

蜜蜂在你耳边刺耳地嗡叫，
蜜糖在你尝来也有腐臭的味道，

我真愿给予你安慰，
但是如何才能做到？
当神灵相互呼喊，只有深渊倾听，
因为神灵之间有着无量的巨隔，
相距的空间无风而缥缈，
然而我还是要给你安慰，
廓清你四周密布的愁云；
虽然我们有同等的力量和判断，
我仍要向你提出忠告。

当大地脱离混沌而呈现，我们，鸿蒙的子嗣，在无欲之光里见到彼此。我们首次吐出沉寂而战栗的声息，加速了空气和海水的流动。

然后我们携手共步，行走在初生的晦暝的世界上。自我们最初慵懒的足音发出的回声里，诞生了时间，这第四位神灵。他的脚步履在我们的足印之上，他的身影投射着我们的意愿与思想，他只有借我们的眼睛才能睹物察望。

生命驾临了大地，精神，这宇宙里有翼的旋律，降临了生命。我们支配着生命与精神，除了我们，再无人知道岁月的久远，及世代相续的朦胧之梦的积重。及至第七个兆年正午的高潮时，我们将大海出嫁给太阳。

自它们新婚酣畅的洞房里，我们令人类登场，这生灵虽则柔弱，却永远带着家系的印记。

通过足履平地却目视群星的人类，我们发现通往大地上遥远之邦的路径。我们还把人——这滋生在污水之畔的不起眼的芦苇，做成一管长笛，从空空的笛心里，我们把声音吹送到万籁俱寂的世界。

从日照不到的北国到南方灼热的沙洲，
从诞生白昼的莲花之乡，

到戮杀白昼的险恶之岛，
懦弱的人，在我们的授意下变得鲁莽，
拿着竖琴和刀剑冒险闯荡。
他宣告的无非是我们的意愿，
他声明的无非是我们的王权，
他的爱之路是流向我们愿望之海的河流。
我们在高空，在人的睡眠中做我们的梦。
我们促使他的白昼离开黄昏的山谷，
让他登上山巅，追求自我的成熟。
我们的手驾驭着席卷世界的风暴，
把人类从乏味的和平引向多姿多彩的战斗，
直到获胜把凯歌高奏。
我们的目光能把人的灵魂化为火焰，
能领他体验高贵的孤独和叛逆的预见，
最后让他在十字架上升天。
人生来便为承受奴役，
奴役中有他的光荣与酬报。
我们在人间寻找为我们代言的人，
我们在他身上求得自身的完善。
倘若人心因蒙了尘土不能听闻，
谁的心会回响我们的话声？
倘若人的双眼被夜色蔽障，
谁来目睹我们的光芒？
对于人，我们最初心中的孩子，
我们自身的形象，你欲如何处置？

丙　神

兄弟们，我强大的兄弟们！

那舞者的步伐已被歌声陶醉，
令空气也为之震颤，
她的双手像飞鸽一般向上伸展。

甲　神

云雀在对云雀召唤，
而兀鹰却在高空盘旋，
并不停下听云雀的歌唱。
你教我在人的膜拜里完成自爱，
从奴役人类中踌躇自满。
然而我的自爱无穷无限，
我要从我地上的遗骸中高高升起，
在天堂里登峰造极。
我的双臂要环绕宇宙包容空间，
我要把星河引为弩弓，
把彗星当作矢箭，
凭着无穷我要去征服无穷。
可是你不愿如此，纵然这是你力所能及，
因为正如人与人个个不同，
神灵与神灵也彼此相异。
可不，你要让我疲瘁的心灵，
再忆起雾霭中消逝的往昔，
忆我的灵魂在山中寻觅自身，
我的眼睛在死水中追寻倒影；
可我的昨日刚出生便已死去，
只有静寂才探访她的子宫，
风儿扬起泥沙栖止在她怀中。
呵！昨日，死去的昨日，

我受羁之神性的母亲！
哪一个超神在飞翔时把你擒获，
让你在牢笼中繁衍子息？
哪一个巨大的太阳温暖了你的胸膛，
让你将我生养？
我不愿祝福你，但也不把你诅咒，
因为我也让人类荷起重负，
正如你将生活的重担压我肩头。
不过，我没有那么残酷，
我虽不死，却让人类成为过眼的掠影，
你垂死之时，却孕怀了长生不灭的我。
昨日，死去的昨日！
你会随遥远的明天回来吗？
我要带你去接受审判。
你会随生命的第二个黎明醒来吗？
我要把你迷恋大地的记忆从大地割断。
但愿你能伴往昔所有的死者复生，
让土地被它自己的苦果窒息，
让大海因充斥着尸体而停滞，
让接踵而来的灾难耗尽大地无益的膏腴。

丙　神

兄弟们，我神圣的兄弟们！
那姑娘已听到了歌声，
现在她正把歌声寻找。
犹如幼鹿得了意外的惊喜，
她在岸石上、在溪流畔欢跳，
旋转着舞步，目光左顾右盼。

呵！多么令人赞叹——这人间的欢欣，
这期待初露端倪的心愿的眼睛，
还有挂在唇间的微笑，
因为先尝了允诺的欢乐而抖颤！
是什么花儿自天堂飘临，
是什么火焰从地狱升起，
令那静寂的心田惊醒，
屏声息气地体验欢乐，有时又忐忑不宁？
我们在高空做的是什么梦幻，
我们寄在风中的是什么思想，
竟然唤醒了昏睡的幽谷，
又让夜晚成为不眠的时光？

乙 神

这神圣的机杼已经给你，
还有那编织衣物的技艺，
这机杼和技艺永远是你的财产，
还有暗淡与明快、紫色与金色的丝线。
然而你如此吝惜，不愿为自己织衣。
你的双手曾用火与新鲜的空气，
编织成人类的灵魂，
而今你却要割断丝线，
让你的巧手永久地赋闲。

甲 神

不，我要将手伸向尚未定型的永恒，
在未踏过的处女田里留下我的脚印。

耳熟能详的歌曲能有什么乐趣?
强记的耳朵捕捉到的旋律,
岂不都已吐出在风中散逸?
我的心思慕它不曾孕怀的一切,
记忆不会栖身的未知的东西,
才是我遣使灵魂前往的目的。
呵！莫以鬼迷心窍的荣耀将我诱惑,
不必费心用你我的梦想把我慰藉,
因为我的所有,这大地上的万物,
以及将有的一切,都不能让我的灵魂着迷。
呵,我的灵魂!
沉寂便是你的面孔,
夜晚的幽灵在你眼里酣睡,
但可怕的是你的沉寂,
你令人生畏。

丙　神

兄弟们,我严肃的兄弟们!
那姑娘已发现了歌手,
看到他脸上喜气洋洋。
她以猎豹一般轻捷的步伐,
在瑟瑟的葡萄藤边,在草地上跳跃。
现在那歌手正热切地呼唤,
以出神的目光盯着姑娘。
噢,我的兄弟们,我漫不经心的兄弟们!
是不是别的什么神灵怀着激情,
织出了这红白相间的彩帛?
是哪一颗不羁的星星偏离了轨迹?

是谁的秘诀分开了黎明和黑夜?
是谁的手在把握我们的世界?

甲　神

啊，我的灵魂，我的灵魂，
你这包围着我的燃烧的星体!
我该如何驾驭你的走向，
该把你的热望引向何方?

啊，我的孤身无伴的灵魂!
在饥饿时你会把自己当成猎物，
也会饮自己的眼泪消解干渴，
因为黑夜不在你杯中蓄聚她的清露，
白昼也不会为你带来甘果。

啊，我的灵魂，我的灵魂!
你搁浅的帆船满载了愿望，
哪里来的劲风鼓满你的船帆?
有什么大潮可把你的船舵释放?
你的锚已拔起，你的翼只待展开，
然而头上的天空悄无声息，
平静的大海讥笑你不能出航。

什么才是你我的希望?
世道如何变迁，天堂里有什么新旨意，
才会把你眷顾?
那“无穷”处女的子宫，
是否孕怀着你的救主——

那比你的梦想更非凡的强者，
是否要伸手拯救你脱离桎梏？

乙　神

停止你那令人厌烦的哀叹，
屏住你燃烧的心中发出的呼吸，
因为“无穷”的耳朵是聋耳，
天空对一切都不会在意。
我们便是他乡，我们高高在上，
在我们与无限的永恒之间，
只有我们未成形的激情。
只有源于激情的动机。

你在祈求未知，
而未知被运行的雾霭遮蔽，
正栖身于你自己灵魂的深处。
是的，你的救主在你灵魂里睡眠，
在睡中看到你觉醒的眼睛无视的事物。
这便是我们存在的奥秘。
难道你要放弃未敛起的收获，
匆匆去梦中的垄上播种撒谷？
何以你要将云朵遍覆人迹罕至的荒野，
而你自己的羊群却在把你寻觅，
欲在你的凉荫里围聚歇足？
你要克制，俯视你下面的世界，
看看你的爱产生的未断奶的孩子。
大地是你的住所，大地是你的宝座，
在人类最迢远的希望的上空，

你的手支配着他们的命数。
人类孜孜以臻你的境界，饱尝欢乐与痛苦，
你不会将人类遗弃，
你不会对人类眼中的需求扭头不顾。

甲　神

难道黎明会把黑夜的心抱在心头？
难道大海会关心海里飘浮的尸首？
我的灵魂如黎明一般在体内上升，
无牵无挂，而又赤身裸体；
又如奔腾不息的大海，
我的心把泥渣和人的遗骸丢弃。
那固守我的，我必不固守，
而高高在上无法企及的，才会把我唤起。

丙　神

兄弟们，看哪，我的兄弟们！
他俩相会了，两颗情系星辰的灵魂在天上邂逅，
两人无言地凝眸注目。
他停下了歌唱，
可他被太阳燃起的喉咙还在因歌声颤动；
她身体的欢舞已经停住，
只是停住而非入眠蛰伏。

兄弟们，我怪异的兄弟们！
夜色已经变浓，
月光愈加皎洁。

在牧场与大海之间，
一个欢乐的声音正将你我召唤。

乙 神

让我们生存，奋起，在炽热的太阳下燃烧，
让我们活着，守望众生的夜晚，
犹如猎户星的眼睛将我们守望！
让我们高昂起顶着桂冠的头颅，迎接四方来风，
让我们以没有涨落的呼吸，治愈人类的病痛！
做帐篷的人坐在机杼前郁郁寡欢，
制陶器的人将陶盘不经心地旋转；
可我们，全知全觉的无眠的人们，
已经超脱了猜测和偶然的摆布，
我们毫不踌躇也不等待思忖，
我们不屑作无休止的探问。
让我们心满意足，让梦想远远离开，
让我们如江河一般流入海洋，
又不被礁石的棱角碰伤；
当我们抵达海中与海水融汇，
我们再不会争论，为明天冥思苦想。

甲 神

哀哉，这无休止的预测！
哀哉，这日复一日的守望：将白昼交付黄昏，
又把黑夜交给下一个清晨！
哀哉，这永远回忆又永远遗忘的潮浪！
这命运的种子不断播撒却永远不收获希望！

这乏味的自我的攀升：从尘土升入雾霭，
然后眷恋尘土，在眷恋中坠入尘土，
又怀着更大的眷恋追寻雾霭！
哀哉，这无尽无休对时间的计量！
是否我的灵魂定要成为海洋，让海浪搏击卷起怒涛？
或是成为天空，任鏖战的天风化作狂飙？

假如我是人，一块蒙昧的碎片，
我就会对此耐心地承受；
再假如我是至高无上的天神，
充塞了人类和众神的虚空，
我也实现了我的所求。
可是你我既不属于人类，
又不是上方至高的天神。
我们只是天地间的薄暮，
升起而又消隐，周而复始；
我们只是支配世界，又受世界支配的神祇，
只是吹奏号角的命运之神，
而那气息和乐调都来自天际。
我要反抗！

我要把自己耗为空虚一场，
我要从你的视线里隐没，
从我们的小弟、这沉默的青年记忆中消失。
瞧他坐在我们身旁，正向远处的山谷凝望，
他的嘴唇在动，可是没发出一点声响。

丙 神

我在说话，我不经意的兄弟们！

我真的是在说话，
但你们只听到自己的话音。
我让你们看看我们大家的荣耀，
可你们转过身子，闭上眼睛，
把你们的宝座摇个不停。
你们两位想做执掌上界和下界的君主，
你们自顾自怜，你们的昨天总是为明天猜忌，
你们厌倦自我，总想用言辞发泄你们的怒气，
用雷电轰击我们的天地。
你们的争执不过是旧琴发出的余音，
“他”的手指已将那琴弦遗忘殆尽。
“他”用猎户星作竖琴，昴星团是“他”的铙钹。
就是现在，当你们叽叽喳喳、大吵大嚷，
“他”的竖琴在弹奏，铙钹在铿锵作响，
我恳请你们聆听“他”的歌唱！

看哪！男人和女人，
火焰迎着火焰，
陶醉在销魂的白光里。
他们是根须，吮吸绛紫的大地的胸乳，
是炽热的花朵，开放在天空的怀中。
我们便是那绛紫的胸乳，
我们便是那不朽的天空。
你我的灵魂，即那生命之魂，
今夜要在炽烈的喉咙里栖身，
要为一位姑娘的玉体披上波光粼粼的衣裙。
你们的权杖改变不了这天意的安排，
你们的厌倦不过起因于奢念。
你们的私欲，此类的一切都会被摒弃，

在一对少男少女的激情里消失。

乙　神

咳，男人和女人的这种爱情算什么？
瞧这东风以翩跹的步伐起舞，
西风拂起，唱的歌曲又是多么动听！
瞧我们的神意现已登峰造极，
向舞动的肉体歌唱的灵魂已经称臣。

甲　神

我不会掉转目光俯瞰大地的轻狂，
不愿看大地的子女忍受你称为“爱情”的漫长的痛苦。
什么是爱情？
无非是闷声的鼓将列成长队的甜蜜的苦衷，
引向另一场痛苦，缓慢而深重！
我不愿俯身去看下界，
那里有什么值得观望？
无非是一男一女厮守在林中，而生长的树林将成为他们的罗网，
将要迫使他们弃绝自身，
为我们未降生的明天繁衍后人！

丙　神

唉，有知是多么令人苦恼！
我们覆盖世界的穷究与疑问的帷幕，
不透星光，多么令人烦扰！

对人类忍力的挑战又是多么无聊！
我们在石头下放置一尊蜡像，
我们说：这是泥土捏成的东西，
让它在泥土中了结自身。
我们手执一团白色的火焰，
然后在心里自言自语：
这是我们的一部分在回归自己，
它原是我们气息中一股逃逸的气息，
而今为寻芬芳，又萦回在我们的手掌与唇际。
大地的神灵，我的兄弟们，
我们虽然在山峦上高踞，
可通过人类——他们向往命运中金色的时辰，
我们依然与大地难舍难分。
我们的智慧难道能把美从人的眼中夺去？
我们的算计难道能将他的激情制服平息？
或让他对我们的怨怒低头服小？

在爱的军团安营扎寨的地方，
你们理念的大军能有什么力量？
那被爱情驾驭的人们，
爱的战车在他们身上驰骋，
从大海到山岳，又从山岳向大海奔腾。
——就是他们，正在含羞地依偎拥抱。
花瓣贴着花瓣，他们呼吸着圣洁的芳香，
灵魂依偎灵魂，他们发现了生命的真谛。
他们的眼睑间流露出祈求，
这是对你我的殷殷恳求。
爱情是向神圣的闺房折腰的静夜，
是变成草场的天空，是化为萤火虫的群星。

不错，我们确实身处彼乡，
我们确实高高在上，
但是爱情凌驾我们的疑问，
爱情在我们的喧歌之上翱翔。

乙 神

难道你要追寻一道遥远的轨迹，
而忘了我们身处的这个星球，
才有你汲取力量的根基？
宇宙中唯一存在的中心，
便是自身与自身婚配的场地，
美就是婚礼上的证人和祭司。
看吧，美丽的事物在我们的足旁遍布，
美充满我们的双手，又让我们羞于启齿。
那最遥远的其实距我们最近，
美之所在，万物与之同在。

喂，狷傲的做着幻梦的兄弟，
从时间的晦暝的边缘归来！
从“无地”与“无时”中挪开你的双脚，
和我们一同住进这安宁的所在——
当初我们曾携手并力，
一砖一石将这住所兴盖。
脱掉你冥思苦想的罩衣，
陪伴我们，执掌这翠绿而温馨的年轻大地！

甲 神

永恒的祭坛！你今夜是否真要

以一个神祇来作献祭？
那么，我来了，
我来献出我的激情和苦痛！
瞧！这是那舞者，是用我们古老的热望雕成，
这是那歌手，他把我的歌向风儿吟唱。
在这舞蹈与歌声里，
我身内的一位神已被戮杀。
我凡骨里的神灵之魂，
对我在空中的神灵之魂高喊；
折磨我的凡心在呼唤神性，
我们自初便寻求的美，
也向神性发出召唤。
我听到了呼唤，我思量又权衡，
现在我作出顺应，
因为美能把灭杀自我的道路指引。
请把你的琴弦拨响！
我要走上这条道路，
走上这永远通向新黎明的征途。

丙　神

爱情无往不胜！
在湖畔流连的爱情无论绿意盎然或纯真洁白，
高傲而庄严的爱情无论光临高塔或阳台，
相爱不论是在花园或在人迹罕至的大漠，
爱总是我们的导师和主宰。
爱情不是放纵的肉体的衰朽，
不是与自我较量后欲望的破碎，
也不是肉体对灵魂兴师问罪。

爱情不是叛逆，
爱情不过告别了宿命中的旧路，踏入圣洁的丛林，
只为载歌载舞，将秘密向永恒倾诉。
爱情是挣断了锁链的青年，
是从泥土中得到解放的男子汉，
是从火焰中获取温暖的女性，
映照着比我们的天空更深远的天空的光明。
爱情是灵魂里一声遥远的欢笑，
爱情是令你惊醒的迅猛一击，
爱情是大地上呈现的新的曙光，
是尚未在你我的眼睛里实现的白昼，
但已实现在自己更博大的心头。

兄弟们，我的兄弟们！
新娘从黎明的中心来了，
新郎从黄昏的夕阳里走来。
在这山谷间要举行一场婚礼，
这伟大的日子言语难以录记。

乙　神

自从第一个早晨将平原注入山峦与河谷，
情况便是这样，
并将继续这样，直至最后一个日暮。
我们的根生长出山谷里起舞的枝桠，
我们是怒放的花朵，吐出芳香的歌曲朝顶峰袅袅而上。
永生与死亡，两条孪生的河流在向大海呼唤，
在呼唤与呼唤之间并无隙地，
只有耳朵中才存在空隙。

时间让我们对听觉更有信心，
并为这听觉添加了愿望。
唯有对死亡的怀疑才使声音静寂，
而我们却已超脱了怀疑。
人是我们年轻的心灵生下的孩子，
人是缓慢而起的神祇，
在他的欢乐与痛苦之间，
我们躺倒入睡，在梦乡里安眠。

甲 神

任那歌手去喊叫，任那舞女转个没完，
让我舒服地过一段时间，
让我的灵魂今夜得到平安。
或许我会打个瞌睡，
梦见一个更加亮堂的世界，
看到合我心意的更加夺目的生灵。

丙 神

现在我就要起来，挣脱时间和空间，
我要到未曾涉足的原野起舞，
那位舞者的脚步将随我的脚步一起翩跹。
我要在那更高的天空引吭歌唱，
有一个人声将随我的歌声一起飞翔。

我们会在黄昏的霞光里消失，
或许又在另一个世界的黎明中醒来。
然而爱情却会长存，

爱的足迹永远不会湮埋。

神圣的熔炉里烈火在燃烧，
火花四溅，每一朵火花都是一颗太阳。
我们最好明智地寻一块荫凉的所在，
让我们这些大地神入睡，
而让爱情，这人类的柔情，去做来日的主宰……

1932

薛庆国 译

游子

游　子

我是在岔路口遇见的他：身披斗篷，手拄木杖，面露痛苦之色。互相请安之后，我说："你来敝舍做客吧。"

他来了。

妻儿在门口迎着我们，他对妻儿微笑，他们喜欢上了来客。

我们一起在桌边就座，来客恬静而神秘的气息，令全家高兴。

晚餐后，我们围炉而坐，我问起他漫游四方的经历。

当夜和次日，他说了许多故事。我现在记下的，乃是这位和善的来客在艰难岁月的见闻；是他的道路上风尘与忍力的结晶。

三天以后当他告辞时，我们不觉得一位客人离去，而是感到，我们中的一人仍在外面的园圃里，未曾走进家门。

衣　裳

有一日，美与丑在海岸相遇，她们说：“我们下海洗浴吧。”

然后脱衣，下海，游泳。

过了一会儿，丑回到岸边，穿上美的衣裳走了。

美也上岸了，却找不到自己的衣裳，但又羞于赤身裸体，便穿上丑的衣裳走了。

至今，男男女女们仍然混淆着美丑。

但是，也有一些见过美的面孔的人，他们认出了美，虽然她穿着丑的衣裳；还有人凭面容认出了丑，丑穿的美衣并没有把他们迷惑。

兀鹰与云雀

云雀与兀鹰在高山之巅的一块岩石上相遇。云雀先打招呼："早晨好啊，先生!"兀鹰低头看它一眼，无精打采地回答："早安。"

云雀说："但愿您万事如意，先生。"

"嗨，"兀鹰哼了声，"都还凑合吧。不过，你岂不知我乃百鸟之王，我不开口你不得搭话吗?"

云雀："可我认为我们是一个家族的呀。"

兀鹰轻蔑地瞥了它一眼，"谁说我跟你一个家族?"

云雀："可你该知道，我能和你一样高飞，我还会歌唱，给地球上别的生物带去欢乐；你呢，却不会给别人带去快乐。"

兀鹰大怒，呵叱道："快乐个屁！无礼的小东西，我一口就能把你吞了！你充其量只有我的脚那么大小。"

云雀振翅一飞，跃到了兀鹰的背上，啄咬着它的羽毛。兀鹰气急败坏，拍打着翅膀，又快又高地飞了起来，想把云雀甩掉。可是白费劲。最后，兀鹰又落到原先的那块岩石上，它更加恼怒，怨时尤运，小小的云雀却还高踞在它的背上。

就在这当儿，一只小乌龟路过，一见此状，笑得快要前仰后翻了。

兀鹰俯视着它，喝道："你这迟钝的爬龟，与泥土为伍的蠢货，取笑我什么?"

乌龟说："怎么你成了一匹马了？怎么小鸟在你背上做了骑士了？小鸟都比你强噢!"

兀鹰训斥道："去你的！这是我的云雀兄弟和我之间的家里事。"

情　诗

一位诗人作了一首优美的情诗，然后抄写了许多份，寄给了他的朋友和熟人，其中有男有女，还有一位他仅有一面之交的姑娘，家住群山的对面。

过了一两天，姑娘托人捎来一封信。信中说：“说真话，你为我作的情诗深深地打动了我。来吧，见见我的父母，让我们一起安排订婚事宜。”

诗人写了回信，他写道：“朋友，那只是发自诗人心里的一首情诗，是所有的男人向所有女人唱的歌。”

姑娘又复了一信：“伪君子加谎言家！就因为你，从今至死，我要憎恨一切诗人！”

泪与笑

黄昏，鬣狗①与鳄鱼在尼罗河畔相遇，它俩停下步子，向对方问好。

鬣狗问：“先生，日子过得怎么样?”

鳄鱼答道：“很糟糕。有时候遇到痛苦伤心的事情我哭泣，可人们总说：‘这不过是鳄鱼的泪。’我受到了说不出的伤害。”

鬣狗便说：“你说你痛苦伤心，可是听听我的遭遇吧：看到世界上的种种美物和奇观，我完全是出于高兴笑了起来，如同白昼欢笑一样；然而丛林里的人们却说：‘这不过是鬣狗的笑。’”

---

① 鬣狗，生长于非洲、亚洲的一种凶猛食肉动物，食物缺乏时会吃人。其叫声又像大笑，又像号哭。

赶 集

一位乡下姑娘到镇上赶集，这是位模样俊俏的姑娘，脸蛋有百合和玫瑰那样秀美，头发如晚霞一般金黄灿烂，笑容像黎明一样迷人。

这位陌生的美人在镇上刚一露面，就被小伙子们盯上、围住了。这个要和她跳舞，那个要请她品尝蛋糕，而所有人，都想在她的香腮上印上一吻。也难怪，集市可不就是这样吗?

但是姑娘感到震惊，她讨厌小伙子们来这一套，怒斥了他们，甚至还赏了一两个可怜虫几记耳光，然后扭头跑走。

晚上回家的路上，姑娘还在自言自语：“真恶心！那帮男人太差劲、太没教养了，简直忍无可忍!”

一年过去，现在俊姑娘很是眷念那个集市，还有那些男人。她又来到了镇上，依然那么漂亮，脸蛋有百合和玫瑰那样秀美，头发如晚霞一般金黄灿烂，笑容像黎明一样迷人。

但这次，小伙子们一见她就逃之夭夭。她孤零零地度过了冗长的一天，没有一人前来靠近她。

晚上回家的路上，姑娘在心里叫了起来：“真恶心！那帮年轻人太差劲、太没教养了，简直忍无可忍!”

太子妃

夏瓦基斯城里有位太子，极受男女老少的拥戴，连野外的飞鸟走兽，也愿意同他亲热。

不过人们都说他的妻子——太子妃并不爱他，甚至恨他。

有一天，邻邦的太子妃来拜访这位夏瓦基斯的太子妃。她俩坐在一起聊着家常，谈起了各自的丈夫。

夏瓦基斯的太子妃激愤地说：“我羡慕你和你丈夫的幸福，你们结婚多年还是那么和谐。我恨自己的丈夫，他不属于我一人，我真是最不幸的女人了。”

来访的太子妃两眼盯着她，说：“朋友，事实是你还爱着丈夫。可不，你对他还有未尽的激情，这便是女人的生命所在，正如春天是花园的生命所在。我和我丈夫才可怜呢，两人不过在默默忍受着对方，而你和人们却将这称之为幸福!”

闪　电

某个雷电交加的日子，一位基督教主教在教堂主事。 这时走进一位非基督徒妇女，她站在主教面前问道：“我不是基督徒，可以从地狱之火中得救吗?”

主教看了妇女一眼，说道：“不行，只有那些受了洗礼、灵魂洁净的人们才能得救。”

话音刚落，一道闪电从空中劈下，教堂起火了。

城里的人们飞跑过来，救出了妇女。 而主教，却被熊熊大火吞噬了。

隐士与鸟兽

从前，在青葱的山林里居住着一位隐士，他心地纯洁，品性高尚。地上的走兽，空中的飞鸟，都成群结队来和他作伴，与他交谈。它们喜欢围坐在他身边，听他讲话，往往到深夜才散去。临别前，隐士还要祝福它们，然后看着它们飞向空中，走进丛林。

有一天晚上，隐士正在谈论着爱，一只豹抬起头问道：“你在给我们说爱，那告诉我们，你的爱侣在哪儿呢?”

隐士答道：“我没有爱侣。”

在场的鸟兽们马上惊呼起来，接着交头接耳：“他对我们大谈友爱，而自己却一无所知。”结果，它们一个个怀着鄙夷的心情，悄悄走开了。

当夜，隐士躺在草垫上辗转反侧，双手捶胸，痛哭不已。

先知和少年

有一天，先知沙里亚在花园遇见一位少年。 少年跑过来问候他：“早晨好，先生!”先知答道：“早安，孩子。”接着又说，“我看你孤单一人嘛。”

少年笑着高兴地回答：“我费了好大功夫才甩掉了乳娘，她还以为我在篱笆外面呢，可我不是在园内吗?”说完他看着先知的脸：“你也孤独一人，你是怎么对付你乳娘的?”

先知说：“噢，我的故事有点不同。 实际上。 我总是甩不掉她。 不过现在，我到了园内，她还在篱笆外面找我呢。”

少年拍着手叫了起来：“那你和我一样是走失的人喽! 走失了不挺好么?”然后又问：“你是谁?”

“人们叫我先知沙里亚，告诉我，你是谁?”

“我就是我，乳娘在找我，可她不知道我在哪儿。”

先知凝视着空中说道：“我也暂时逃脱了乳娘，可她会找到我的。”

少年：“我乳娘也会找到我的。”

这时，他们听到一个女人的声音在喊着孩子的名字。 “你瞧，”孩子说，“我说她会找到我的。”

在此同时，他们又听到另一个声音：“你在哪儿，沙里亚?”

先知说：“你瞧，孩子，他们也找到我了。”

沙里亚向上仰起头来，答道：“我在这儿。”

珍　珠

一只河蚌对它的邻蚌说：“我感到肚子里疼痛无比，有个又重又圆的东西。 我何其不幸!”

它的邻居洋洋自得地回答：“赞美上天和大海，我哪儿也不疼，里里外外都结实硬朗。”

一只路过的螃蟹听到了它们的对话，它对里里外外都结实硬朗的河蚌说道：“不错，你非常健康，但你邻居忍受着痛苦，是因为它怀了一颗绝美的珍珠。”

灵与肉

一男一女坐在春光下洞开的窗前，两人靠得很近。女人说：“我爱你，你英俊，富有，又风度翩翩。”

男人说：“我也爱你。你是一个美妙的思想，高远得难以把握；你是我梦中的一阕赞歌。”

然而女人愤然站起，说道：“先生，请你走开！我不是一个思想，不是你梦中的什么东西。我是一个女人，我要你把我当作妻子，当作未出生孩子的母亲。”

于是他们分手了。

男人在心中自语：“又一个梦想化为烟云了。”

女人在说：“天哪，一个男人要把我化为烟云，化为梦想，这人是怎么啦?”

国　王

萨迪克国的人民围聚在王宫周围，高喊着反对国王的口号。国王走下王宫的台阶，一手捧着王冠，一手持着权杖。他的威仪使人们肃静，他止步说道："朋友们，你们将不再是我的臣民。现在我把王冠和权杖交给你们，我要成为你们中的一员，做一个普通人，同你们一起工作，改善我们的命运。从此再不需要国王了！让我们到田野去，到葡萄园去，手挽手地劳动。只求你们告诉我该去哪块田野，哪座葡萄园。现在你们都是国王。"

人们甚为惊奇，哑然无声。他们一向把国王当作不幸的根源，现在他却交出了王冠和权杖，和他们平等了。

于是大家纷纷散去，国王跟着一人来到农田。

国王虽然退位，萨迪克国的情况却没有什么好转，人民依然怨声载道。人们在街市上呼喊着，希望有个国王来统领他们，老老少少异口同声："我们要有我们的国王！"

他们去找退位的国王，发现他在田里埋头耕作。他们把他带到王座前，呈上王冠与权杖，说："统治我们吧，要威严和公正。"

他说："我确实要威严地统治你们，愿天地间神明襄助，我还要公正地统治你们。"

当下，好多人走上前来，诉说一位贵族如何虐待他们，把他们当农奴使唤。国王马上令人带来贵族，训斥道："在上帝的天平上，任何人的生命都和别人的生命等重。因为你不懂得尊重在你的田野和葡萄园里工作的人们，你要被判罪流放，永远逐出我国。"

第二天又来了一群人，向国王诉说山对面一位女爵的酷政，致使当地民不聊生。国王马上令人拿来女爵，也判刑流放。他说："耕耘我们的田地、照看我们葡萄园的人们，要比吃别人做的面包、饮别人酿的酒的我们更为高贵；因为你不懂得这个道理，你被赶出这里，远离我们的国家。”

下一次人们来控诉主教。说他劳役人民开采巨石，修筑教堂，而后分文不给；其实人人皆知主教的宝箱里塞满了金银，而人民却在忍饥挨饿。

于是国王召来主教，当着他的面说道：“你胸前的十字架本来意味着生命的施与，而你却巧取豪夺，从无所施。你被逐出我国，永不得归。”

就这样，算来整整一月，每天都有人来诉说身受的压迫；在这整整一个月里，每天也都有压迫者被逐出国家。

萨迪克的人民喜出望外，安居乐业。

有一天，老老少少又围住了国王住的高塔，呼喊着他的名字。国王走下楼来，一手捧着王冠，一手持着权杖。

国王对人们说道：“现在，你们又要我做什么？我再交出你们曾要我留下的东西吧!”

人们喊道：“不！不！你是我们贤明的国王。你从我们土地上清除了毒蛇，赶走了豺狼，我们特来向你唱感恩之歌。这王冠庄严地属于你，这权杖光荣地属于你。”

国王回答道：“不是我，不是我，你们自己才是国王。你们认为我是弱者、昏君的当初，你们自己也是懦弱、昏聩的；现在国家有了起色，因为这是你们的意愿。我只是你们心中的一个想法，只存在于你们的行动之中。没有所谓的君王，不过是臣民在统治自己罢了。”

国王又带着王冠和权杖回到高塔，老老少少心满意足地各自回家了。

现在，每个人都把自己当作国王：一手捧着王冠、一手持着权杖的国王。

沙滩上

某人告诉别人：“很久以前，在大海涨潮时，我用手杖在沙滩上写下一行字。至今，人们仍然停步赏读，生怕有什么把它抹掉。”

另外那人说：“我也在沙滩上写过一行字，但那是在落潮时，海浪卷来便冲刷掉了。请问，你写的是什么?”

“我写的是：‘我即在者。’你写了什么呢?”

“我写道：‘我是这大海中的一涓滴。’”

三件礼物

从前，贝查莱城有位仁慈的王子，深受臣民的爱戴和称颂。

可是，有个穷得精光的穷汉却竭力跟王子作对，经常用刻毒的话语贬损他。

王子知道此人，但总在心中忍着。

最后，他还是想起了此人。一个冬夜，王子的仆人背着一袋面粉、一包肥皂、一块蔗糖，来到穷汉门前。

仆人说："王子送你这些礼物，留作纪念。"

穷汉沾沾自喜，以为得到了王子的敬重，他不无骄傲地找到了主教，告诉他此事，并说："你看不出王子多想讨我的欢心吗?"

主教回答："噢，好一个聪明的王子！你根本就不懂，这礼物是有所暗示的：面粉填你空空的腹肚，肥皂洗你肮脏的皮肤，蔗糖治你苦苛的嘴舌。"

此后，穷汉变得自惭形秽，他对王子的恨更甚了，然而更恨点破王子暗示的主教。

但他终于收敛了嘴舌。

和平与战争

三只狗在阳光下吠叫着，这是它们在交谈。

第一只狗陶醉地说：“生活在狗王国的时代真是奇妙！想一想我们在海底、在陆上、甚至在空中旅行有多便利，再想一想有那么多的发明旨在给狗类带来舒适，旨在娱乐我们的五官，岂不来劲！”

第二只狗说：“我们是尤其爱好艺术的；我们对月亮的吠叫，比我们的祖先更有节奏；我们看自己在水中的容貌，也比昨天更为清晰。”

第三只狗说：“而我更感兴趣的，却是狗王国里的相安无事，彼此谅解。”

恰在此时，嘀，它们发现一位猎狗人在往这边靠近！

三只狗在街上上蹿下跳，夺路而逃。逃跑中第三条狗叫着：“看在上帝面上，赶快逃你们的命吧，文明在后面追来了！”

舞　女

先前，毕迦夏王子的宫廷里来了一位舞女和几位乐师。舞女进得宫廷，随着箫笛、鲁特琴、齐特琴的伴奏，在王子面前翩翩起舞。

她跳了火焰之舞，跳了利剑、长矛之舞，跳了星辰之舞、太空之舞，又跳了空中的飞花之舞。

然后她来到王子宝座前鞠躬行礼。王子请她走近，问道：“美丽的女子，高雅与欢乐的女儿，这艺术你从何处学来？你如何将天地万物融入你的一招一式？”

舞女在王子面前再行躬礼，答道：“威严而博雅的陛下，我不知怎样回答你的问题，我只知道：哲学家的灵魂在于头脑，诗人的灵魂在于心灵，歌手的灵魂在于喉咙，而舞女的灵魂，却在全身。”

两个守护神

一个夜晚，两位天神在城门口相遇，他们互致问候，交谈起来。

天神甲先问：“最近在忙什么？分给你的是哪项工作？”

天神乙回答：“我的工作是守护一位罪人，他作恶多端，罪孽深重，而今陷身深谷。请相信这是一桩重任，我非常辛苦。”

天神甲：“你的任务简单。我很了解罪人，多次守护过他们。现在却让我守护一位圣人，他住在远方的亭园里。请相信我，这才是一桩极困难、极微妙的差事。”

天神乙：“岂有此理！守护圣人怎么会比守护罪人更困难呢？”

天神甲：“岂有此理？你胆敢出言不逊！我说的全是事实，你才是岂有此理呢！”

两位天神争吵起来，先是破口大骂，继而挥起拳头，扑起翅膀。

双方正打得不可开交，天神长恰好路过。他喝住了他们，责问道：“你们为何殴斗？这是怎么回事？身为守护神却在城门口打架，这还成体统吗？告诉我，你们分歧何在？”

两位天神争相诉说起来，都称自己的工作更辛苦，更应得到重视。

天神长摇着头，思忖起来。

他说：“伙计们，我现在不能说谁更应该得到重视和报酬；但既然我被授权管理你们，为了太平起见，为了完成守护的使命，我把你们的工作对调一下，因为你们都认为对方的工作更为轻松。现在就去干吧，你们该高兴了吧！”

两位天神被迫离开，走了几步又不约而同地回头，恼怒地瞥了天神长一眼，在心里骂道：“哼，这帮天神长！把我们的生活折腾得一天比一天糟糕!”

天神长在原地站着，又思忖起来，他心里说：“我们是该留心，好生守护这些守护神。”

雕　像

从前，一位山里人家里有座雕像，是古代一位大师的杰作。雕像头冲下扔在家门口，山里人毫不在乎。

有一天，一位城里人路过山里人的家门，他见多识广，一见雕像，就问主人是否愿意出售。

山里人笑了起来：“谁会买这块又脏又蠢的顽石?”

城里人说：“我愿意出一个银币买下。”

山里人很惊奇，转而高兴起来。

雕像放在象背上驮着，运到了城里。

几个月之后，山里人进城，走在街上见一家商店门前人头攒动，还有一人在大声吆喝：“进来，进来，看一看全世界最漂亮、最精彩的雕像！两个银币，就可以一睹大师的杰作!”

山里人也掏出两个银币，去看他自己以一个银币卖出的雕像。

交　换

从前，一位穷诗人和一位蠢阔佬在岔路口巧遇，他们交谈起来，但话不投机，越说心里越是别扭。

这时，守路的天神经过，他用手在两人肩头各拍一下，奇迹就发生了：两人顿时交换了各自拥有的东西。

他俩分道扬镳。可是奇怪：诗人一睁眼，发现抓在手里的，唯有下漏的黄沙；蠢汉一闭目，觉得心头只塞满大块乌云。

爱与恨

一个女人对一个男人说：“我爱你。”男人回答：“这是我的心值得你爱。”

女人又问：“你不爱我吗?”男人仅仅看着她未置可否。

这下女人大叫起来：“我恨你!”

男人回答：“这也是我的心值得你恨。”

梦

有人做了一个梦，醒来后他找到占卜家，希望给他释梦。

占卜家说：“带来你醒觉时的梦，我会给你解释；但你睡眠时的梦，却既超出我的智慧，也超出你的想象。”

疯　人

在疯人院内的花园里，我碰到一个年轻人，苍白又让人怜爱的脸上，充满疑惑。

我在他身边的凳上坐下，问："为什么你在这儿?"

他惊奇地看着我，答道："这个问题不太合适，但我还是回答你吧：我父亲要我做个跟他一样的人，我叔叔则要我跟他一样，母亲要我模仿她杰出的父亲，姐姐却把她航海的丈夫当作我的最高榜样，哥哥又要我学他那样，做个出色的运动员。"

"我的老师们，那些文学博士、音乐大师、逻辑学家等等，也都决意要我像他们在镜子里的照影一样，同他们如出一辙。"

"所以我来到此地，我发现这里更健全；至少，我能成为我自己。"

忽然，他转过身来问我："告诉我，你是否也为逃避别人的教诲和忠告，才来到此地?"

我回答："不，我是个参观者。"

疯人喊了起来："噢，你也是住在大墙外边疯人院里的人啊!"

青　蛙

某个夏日，一只青蛙对它的伙伴说：“我担心住在岸边屋子里的人们，被我们的夜歌打扰。”

它的伙伴答道：“要这么说，他们白天说话不也破坏了我们的宁静吗?”

“别忘了，我们在夜里或许真唱得太多了。”

“也别忘了他们在白天啰啰嗦嗦、大叫大嚷，难道不过分吗?”

“我们的牛蛙①一扯起嗓子，可真要闹得鸡犬不宁，上帝也不会容许啊!”

“嗨！那岸上冒出的什么政治家、牧师、科学家，他们刺耳的鼓噪铺天盖地，你该怎么说呢?”

“好了，我们要比人类姿态高一些嘛。让我们在夜里安静一下，把歌留在心里，虽然月亮在企盼我们的旋律，星辰在期待我们的奏鸣。至少，让我们安静一夜，或者两三夜。”

“很好，我同意。看看你的好心肠会有什么结果吧。”

当天夜里，青蛙们果然停止了歌唱，第二天、第三天也保持了沉默。

说来也怪，湖边住家那位爱唠叨的女主人，第三天吃晚饭时对着丈夫埋怨：“我一连三夜没睡好了。听着青蛙叫，我睡觉就安稳。现在准出什么事了，青蛙已经三天没有响声。睡眠不好，我快要发疯了。”

青蛙听到此话，眨着眼睛对伙伴说：“这样沉默下去，我们也要发疯了，对吗?”

① 牛蛙，蛙的一种，身体远比普通青蛙大，叫声如牛，故名。

它的伙伴答道：“对，在夜间沉默于我们实在是重负。 我现在知道，既然有人要用噪音填补空虚，为了他们的舒适，我们没有必要停止歌唱。”

是夜，月亮终于企盼到了青蛙的旋律，星辰也等待到了它们的奏鸣。

法律与立法

很久以前，有一位伟大而英明的国王，他意欲为臣民制定一些法律。

他从一千个不同的部落，把一千名贤达之士召到枢密院，请他们一起立法。

立法事宜进展顺利。

现在，一千条法律最后敲定，书写法律的羊皮纸呈到国王面前。国王过目后，在内心痛哭起来，因为他不曾料到，自己的王国里竟然有一千种罪行。

于是他唤来书记员，自己面带笑容口授法律。 他的法律只有七条。

这一千名贤达之士一气之下离开了国王，回到了各自的部落，随身还带着自己制定的法律，这些法律便为各个部落遵循。

时至今日，这个国家仍然立有一千条法律。

这是一个强大的国家，但国内设有一千座监狱，挤满了触犯一千条法律的男男女女。

这确是一个强大的国家，但要寻根究底，国民们却是一千个立法者和唯一一个英明国王的后裔。

昨天、今天和明天

我对朋友说："你瞧她倒在那个男人的怀里；就在昨天，她也是这个姿势倒在我的怀里。"

朋友说："明天，她就要倒在我的怀里了。"

我又说："你看她坐得离那人那么近；就在昨天，她也是那么近地坐在我身边。"

朋友说："明天，她就坐在我身边了。"

"你瞧，她从那人的杯里饮酒；昨天，她还从我的杯里饮酒呢。"

"明天，她就从我的杯里饮酒了。"

"她看那人的眼光那么含情脉脉；昨天，她也是这样看我的。"

"明天，她就要这样看我了。"

"没听到她在那人耳边低哼着情歌吗？同样的情歌，她昨天还在我的耳边哼过呢。"

"明天，她要在我的耳边低哼了。"

"看见了吗？她拥抱他了！昨天，她还拥抱过我呢。"

"明天，她就要拥抱我了。"

我说："真是一个怪女人。"

朋友答道："她像生活一样，为所有人拥有；她像死亡一样，征服所有人；又像永恒一样，拥抱所有人。"

哲学家和鞋匠

一位哲学家来到鞋铺修鞋，他对鞋匠说：“请你补一下我的鞋。”

鞋匠说：“我在补别人的鞋呢，还得补完好几双才轮到你。你可以把鞋留下，先穿这双鞋走，明天来换你自己的鞋。”

哲学家生气了：“我从不穿别人的鞋子。”

鞋匠便说：“那么，你真是一个哲学家，不能用别人的鞋套你脚喽？就在这条街上还有一个鞋匠，他比我更了解你们哲学家，你去他那儿补鞋吧。”

建桥者

阿绥河入海口安蒂奥琪城，新近建成了一座连接该城两个部分的大桥。建桥的大石块，是从山中采得，由骡子驮到城里的。

大桥落成后，一座桥墩上用希腊和阿拉马①两种文字镌刻着：本大桥由国王安蒂奥丘斯二世所建。

现在，大家都在这座宏伟的桥上穿行，脚下，是美丽的阿绥河在滔滔奔流。

某个夜晚，一位被某些人称为“小疯子”的年轻人来到镌刻着字的桥墩边，他用黑炭把字抹去，重新写上：本座大桥所用石块，由骡子从山中驮来；在大桥上来往的人们，乃是骑在安蒂奥琪的建桥者——骡子的背上。

人们读了这几行字后，大笑者有之，惊奇者有之，也有人说：“嗨，一看就知道谁干的，不就是那个‘小疯子’吗?”

但是，有一头骡子却笑着对伙伴说：“你还记得吗，的确是我们背来这些石头的呀！可现在人们却说，桥是安蒂奥丘斯国王建的?!”

---

① 阿拉马，即古代西南亚的通用语言。

扎德之地

通往扎德的路上，一位游客碰到一位当地的村民，游客手指一大片广阔的土地，问道：“这儿就是阿赫拉姆国王大败敌军的战场吗?”

村民回答：“这儿从未做过战场，这片土地上曾经建造过伟大的扎德城，后来付之一炬，化为灰烬了。 现在这里是一片良田，难道不是吗?”

游客告别了村民继续往前。

走不到半里地，游客又碰到一个人，他手指着土地，问：“这里建造过伟大的扎德城吗?”

“这里从没有建过什么城市，倒曾建过一座修道院，后来被南夷毁掉了。”

过了一会，还是在这条路上，游客碰见了第三个人，他又指着这块土地问：“此地以前真有过一座大修道院吗?”

“这附近从未建过什么修道院。 不过我们的祖辈说过，这块地里曾坠落过一颗大流星。”

游客满心惊疑，又往前走着。 这回他遇见一位老翁，他上前致意后问道：“老人家，这条路上我碰见三个本地人，我打听这片土地的故事，他们说的都不同，每人告诉我一段别人没有说过的典故。这是怎么回事呢?”

老人抬起头，回答：“朋友，他们每个人说的都是事实，但我们很少有人能把不同的事实连贯起来，从而弄清历史的真相。”

金褡裢

有一天，两个半路相识的男人一起往科鲁姆斯的都城萨拉米赶路，中午时，他俩走到一条大河边，河上没有桥，他们要么泅渡过去，要么再找新路。

他俩异口同声地说："我们游过去吧！还好，河不算太宽。"说完跳入河中，游了起来。

其中有一人平素经常下河，水性不错，他游到河中央突然坚持不住，眼看要被河水卷走。而另一个从未下过河的人，却一下子游了过去，站在对岸。他一见同伴还在河里挣扎，便又跳到河里把他拉上岸来。

差点儿淹死的那人问道："你说不会游泳的，又怎么能那么利索地游过河呢？"

对方回答："朋友，你看到我系在腰上的褡裢了吗？里面满满的金币，是我干了一整年为妻儿挣的。是这条金褡裢的力量，驱使我游过河去见他们；渡河时，妻儿就在我的肩头。"

这两个伙伴又向着萨拉米继续赶路。

红　土

大树对一位男人说：“我的根须深扎在红土里，我要将果实献给你。”

那人对大树说：“我们多么相像啊！我的根须也深扎在红土里；红土给了你向我献果实的力量，红土也教了我感恩地接受你的果实。”

满　月

满月高升起来，朗照在村庄上空。村里所有的狗都对着月亮吠叫。

只有一条狗没有叫，它以严肃的口吻对着狗们说道：“不要把宁静女神从梦中惊醒；不要让你们的吠声，吵得月亮落地。”

于是，所有的狗都停止了吠叫，村庄一下子寂静得怕人。只有刚才说话的那条狗，为了寂静，一直吠叫到天明。

隐居的先知

从前有一位隐居的先知，每个月他都要去城里三次，在街市上向人们宣讲施舍与均等的道理。先知的演讲有声有色，因此闻名遐迩。

一天夜晚，先知的隐居地来了三个人，他迎接了他们。他们对他说："你一直在宣讲施舍与均等，一直设法教育富人赈济穷人，我们相信你的名声定然给你带来了财富。现在，请把你的财富献给我们，我们落魄了。"

先知答道："朋友们，我的家产只有这一张床，一席草垫，一只水罐，你们想要就拿走吧，金银财宝我没有。"

三人听罢鄙视地瞪着他，然后扭头便走。走在后面的一人在门口停住，骂道："骗子！伪君子！你教导别人头头是道，自己却不去身体力行！"

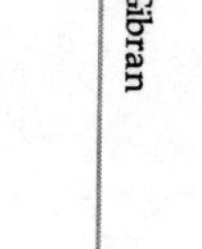

陈年老酒

从前有一位富人，很为自己酒窖里的藏酒自豪。酒窖里有一坛年头极久的葡萄酒，只有他本人才知道要在什么场合开启。

州官拜访他时，他想：区区一个州官，不值得开启这坛陈酒。

本地的主教拜访他时，他想：不，这坛酒不能开，主教不识货，闻不出美酒的醇香。

王子也来过，还和他共进晚餐。他想：不过是个王子，开我的陈酒太抬举他了。

甚至他的亲侄子结婚时，他也想：不，那帮客人不配喝这坛美酒。

多年以后，富人寿终正寝了，同任何一颗落地的种子一样葬入黄土。

在他入葬的那天，那坛陈酒，还有酒窖里的所有藏酒，都一一打开，邻近的农民们开怀畅饮，谁也不知道其中有一坛年代久远的陈葡萄酒。

对他们来说，满斟在杯里的，只是葡萄酒而已。

两首诗

很多个世纪以前，两位诗人相遇在通往雅典的路上，他俩都为这次邂逅而高兴。

诗人甲先问：“你最近写了些什么？用竖琴弹奏出来怎样?”

诗人乙自豪地回答：“我刚刚完成了一首杰作，或许是希腊有史以来最伟大的诗歌。这是一首赞美至高的宙斯神的颂歌。”

说罢他从斗篷里掏出一卷羊皮纸稿，“你瞧，我随身带着呢，我很乐意给你朗诵。走，到白柏树的荫凉下坐坐。”

他朗读了自己的诗，这是一首长诗。

诗人甲听后称赞说：“真是好诗！它必将流传后世，为你带来荣耀。”

诗人乙问道：“你最近写了些什么?”

诗人甲：“我写得很少，只有八行短诗，怀念一位在花园嬉游的孩童。”然后他背诵了这首短诗。

诗人乙听后说：“还不赖，还不赖。”

两人就此告别分手。

两千年过去了。现在，诗人甲的八行短诗已经妇孺皆知，深受人们的喜爱和珍视。

另一首长诗，也的确在图书馆里、在学者的书阁里保存了下来，未至于失传；但却无人喜爱，无人诵读。

萝丝夫人

三个男人远远看到一座白房子，孤零零地坐落在绿色山冈上。一人便说：“这是萝丝夫人的屋子，她是一位老女巫。”

第二人却说：“不对，萝丝夫人是位美女，虽身居此屋，却魂寄幻梦。”

第三人说：“你们都错了。萝丝夫人是这片广阔地域的主人，以吮吸奴仆们的血液为生。”

他们一边走着，一边为萝丝夫人争论不休。

走到岔路口，他们碰见一位老翁，有一人便问：“请您谈谈住在那座山上白房子里的萝丝夫人，好吗?”

老翁抬起头来，笑一笑说：“我已年过九旬，我听说萝丝夫人的时候还是个孩子。萝丝夫人去世已八十年了。那间房子是空的，猫头鹰有时候在那里聒噪，人们就说里边有鬼神出没。”

鼠与猫

某个傍晚，一位诗人碰到一个农民。诗人有点冷淡，农民有些羞涩，但他们还是搭起了话。

农民说：“我给你讲一个最近听来的故事：一只老鼠被关在了捕鼠器里，正当它快活地嚼着里面的干酪时，一只猫走了过来。老鼠一惊，但马上知道自己呆在里面不用害怕。”

“猫说：‘这是你最后的一餐了，朋友。’”

“‘是的，’老鼠答道，‘我只有一次生命，所以也只有一次死亡。可你呢？别人说你有九次生命[1]，你岂不是要死亡九次吗？’”

农民说完看了诗人一眼，问：“这个故事奇怪吗？”

诗人没有回答就走开了。他在心里想：“不错，我们有九次生命，我们真的要生活九次；我们也有九次死亡，要死亡九次。或许，呆在捕鼠器里只有一生更好——就像农夫的生活一样，以几片奶酪作为最后一餐。可是我们，不是和沙漠与丛林间的狮子同族的吗？”

① 英语中有谚语“猫有九条命”，喻猫不易死亡。

诅　咒

有一次，海边的一位老人对我说：“三十年前，有个水手带着我的女儿出走了。我在心里诅咒他俩，因为在这世上我独爱自己的女儿。”

“此后不久，年轻水手的船沉没大海，我可爱的女儿也同他一起丧生。”

“看到了吧？是我害死了一对年轻人，是我的诅咒毁了他们。现在我行将就木了，我祈求上帝的宽恕。”

老人这样说着，但言谈里不无自诩之意，看得出他还在为自己咒语的魔力而自豪。

石　榴

从前，有个男子在果园种了很多石榴树。每到秋天，他总要把石榴采到银盘里，放在家门外，银盘上还摆着标记，写上：“欢迎您自取一个，免费。”

过路人并没有停下取走石榴。

男子想了又想。又一个秋天到来时，他不再用银盘盛着石榴放在家门外，而是竖起一块牌子，上面写着大字：“本户出售上等石榴，买主请付上等价钱。”

现在你看：附近的男男女女都争先恐后来买石榴了。

一神与多神

在基拉菲斯城里，一位诡辩家站在圣殿的台阶上宣讲，称天上有多位神灵。听众们便想：“这不新鲜，神灵们不就是与我们同在的吗？不就在永远相随我们吗?”

之后不久，另一个人在街市上对人们宣称：“神是不存在的。”许多人听后很是欢喜，因为他们惧怕神灵。

又一日，城里来了一位口才极好的人，称：“神灵只有一位。”人们非常沮丧，因为他们内心畏惧一神的判决胜过多神判决。

就在这同一时节，又来了一人对人们说：“神灵有三位，他们如同一体寄身风中，他们的母亲又是其伴侣和姊妹，她是宽宏又慈祥的。”

众人放心了，私下说：“三位神灵虽为一体，判决我们的弱点时总有分歧；还有，他们慈祥的母亲肯定会替我们这些弱者说情。”

时至今日，基拉菲斯的人们还在争论不休——为多神还是无神、为一神还是三神一体、为三神的慈母而争论不休。

聋　妻

从前有位富人，他的妻子虽然年轻，却耳聋得厉害。

有一天早晨，两人吃着早饭，妻子对丈夫说：“昨天我上街，看到市场上出售大马士革的绸衣、印度的头巾、波斯的项链、也门的镯子，好像是新商队刚刚运到城里的。再看看我，衣着多么寒碜，还算什么富家之妇呢！我想要这些漂亮东西！”

丈夫还在喝着早餐咖啡，赶紧答应：“是呀，宝贝，没有什么不行的，我去遛遛大街，买下可你心意的所有东西吧。”

聋妻却说：“又是‘不行’，总说‘不’、‘不’，难道非要我在朋友们面前衣衫褴褛，让你这位阔人贻笑大方，让我们家丢人现眼吗?”

丈夫连忙解释：“我没有说不行，我叫你随便上街好了，买下全城最漂亮的衣服，最名贵的首饰。”

可是妻子又听错了，她说：“哪个有钱人像你这样小气！你就是不让我漂漂亮亮，称心如意！别的女人像我这个年龄，都在花园里艳服出游，风光十足。”

说着她哭了起来，眼泪吧嗒吧嗒地滴在胸前，边哭边抱怨：“我要添件衣服，买样珠宝，你总说‘不，‘不’。”

丈夫不禁为之动容，他站起从钱袋里掏出满把金币，放在妻子面前，又赔笑说：“到街上去吧，亲爱的，想要什么就买什么吧！”

从此以后，年轻的聋妻一想要什么，就在丈夫面前滴下几滴泪珠，他便一声不吭地掏出一把金币，放在妻子膝上。

后来，聋妻鬼使神差地同一位小伙子相好了。此人喜做长途旅行，每当他远行，聋妻便在窗前哭泣。

丈夫每见此状便心想：“准是新的商队又来了，街上在卖新式绸衣或稀罕珠宝吧。”

于是，他便掏出一把金币，放在妻子的面前。

探　寻

千年以前，两个哲学家在黎巴嫩的一座山坡上相遇，其中一人问道：“您上哪儿?”

另一人答道：“我在寻找发源于这片丘陵的青春泉，我见到一些书籍，记载着这泉水向着太阳绽笑。您在找什么呢?”

“我在寻找死亡的奥秘。”

两位哲学家都认为对方对自己伟大的学说知之甚少，于是争辩起来，互相指责对方为精神盲人。

两人正在激烈地争论，一位陌生人路过(村里的人们当他是愚人)，他一见两人争执不休，便停下想听个究竟。

搞清缘由后他走近哲学家，说：“二位仁兄，看起来你们确实都属同一哲学流派，你们说的是一回事，只是说法不同。一位寻找生命之泉，另一位探寻死亡的奥秘，这两者实在是一体，同存在于你们两人身上。”

然后，陌生人说了声：“再见，夫子们。”便告辞离去，脸上挂着耐人寻味的笑容。

两位哲学家默默相视了一会，也笑了起来；有一位便说：“是啊，我们何不一起赶路，共同寻访呢!”

权　杖

国王对王后说："夫人，你实在算不上王后；那么粗俗无礼，你不配做我的内助。"

王后说："先生，你自以为国王，其实不过是可怜的应声虫。"

国王听罢大怒，操起金铸权杖朝王后劈头打去，正中她的前额。

恰在此时，侍从长走了进来，他说："息怒！息怒！陛下，这权杖出自世上最伟大的工艺大师之手，您和王后有朝一日会被人忘却，而它却将永存，作为艺术品代代相传。现在您用权杖沾了王后的头血，它必将身价倍增，更值纪念。"

道　路

一位妇女带着儿子住在山里，孩子是母亲的长子，也是她的独子。

后来孩子发高烧死去，临死前医生也在旁边。

妇人痛不欲生，对着医生哭喊道："告诉我，告诉我，到底是什么使他不再蹦跳，不复歌唱？"

医生回答："是高烧。"

"高烧是什么？"

"我解释不了，但可以说是一种进入人体的极小的东西，我们用肉眼看不见它。"

医生走了，妇人还在自言自语："极小的东西，我们用肉眼看不见它？"

傍晚时牧师过来安慰她，她又哭着向牧师问道："哇！为什么让我失去儿子，我的长子，我的独子？"

牧师答道："孩子，这是上帝的旨意。"

"上帝是谁？他在哪儿？我要见见上帝，在他面前撕破我的胸膛，将我心头的血泼在他的足前。告诉我上哪儿去找上帝。"

"上帝是至大的，我们用眼睛见不到他。"

妇人大哭起来："极小的奉了至大的旨意，害死了我的儿子！那我们算什么？我们是什么？"

这时，妇人的老母亲走进屋子，带来死去孩子的殓衣。她听见了牧师的话和女儿的哭诉，于是放下殓衣，抓起女儿的手，说道："女儿呀，我们是那极小的，也是那至大的；我们是两者之间的道路。"

鲸与蝴蝶

某个晚上，一男一女上了同一辆驿车，两人以前曾有过面交。

男的是位诗人，在女人旁边坐定后，给她讲起了解闷的故事。有的故事是他编造的，也有的是他从别处听来的。

他正讲着讲着，女人睡着了。车子突然颠了一下，她猛然惊醒说：“你对约拿[1]和鲸鱼的故事做了新解，我很欣赏。”

诗人说道：“不过夫人，我讲的是自己编的蝴蝶与白玫瑰的故事，讲它们俩怎么相处的呀。”

---

① 约拿，《旧约》人物。据《约拿书》载，上帝叫约拿去尼尼微城警告该城居民，约拿逃避这种命令，被大鱼吞吃，他祷告求救，被鱼吐到旱地上，遂去尼尼微城传达了上帝的警告。

和平的感染

一枝开满鲜花的树枝对邻近的一枝树枝说：“真是无聊空虚的一天。”另一枝树枝回答：“确实空虚，确实无聊。”

这时候，飞来一只麻雀停在树枝上，过了一会儿又飞来一只，落在头一只麻雀身旁。

其中的一只唧唧而语：“我的老伴抛下我走了。”

另一只却大喊着：“我的老伴也走了，而且一去不返，你看我在乎什么呀!”

双方叽叽喳喳，开始了唇枪舌剑，不久又殴打起来，不时发出刺耳的尖叫。

突然，又有两只麻雀从空中飞来，它俩在打闹不休的麻雀旁静静落下。于是，枝头变得安定，变得和平了。

然后，四只麻雀结双成对地飞走了。

两根树枝又开始了对话：

“麻雀一来真是吵人!”

“不管怎么说，现在它们很太平，很宽容。如果高空中有了和平，我看低处的居者也可以创造和平。你可以借着风靠近我一些吗?”

“噢，可以吧，为了和平，为了不错过春天。”

于是，两根树枝借着强劲的风力，拥抱在一起。

树　影

六月的一天，小草对一棵榆树的树影埋怨：“你老是左摆右晃，搅得我不得安宁。”

树影答道：“不是我，不是我。抬头看看，是一棵树被风吹着，在天地之间东摇西摆。”

小草向上仰视，头一回看到了树，心想：“哟，还有比我更大的草呢！”

小草沉默了。

七十岁

年轻的诗人对公爵夫人说：“我爱你。”公爵夫人答道：“我也爱你，孩子。”

“可我不是你的孩子，我是个男子汉，我爱你。”

“我已儿女成行，他们也都有了子女，他们的子女人人都比你大呀。”

“然而我爱你。”年轻的诗人说。

不久之后公爵夫人死去。 在她的弥留之气重新纳入大地的气息之前，她在心里默念：“我的爱人，我唯一的儿子，我年轻的诗人！有朝一日我们也许会重逢，那时，我再不会年届七十了。”

发现上帝

两个人在山谷里走路，其中一人手指着山边，问道："看见那座茅庐了吗？有个人与世隔绝，长住其间。他在寻找上帝，对世间万物视如敝屣。"

另一个人说："他不会发现上帝的，除非他离开茅庐，结束孤独的隐居生活，回到世间与人们同乐共悲，在婚筵上与舞者共舞，在葬礼上随死者灵柩旁的哭者一起恸哭。"

第一个人虽觉此言不错，但还是说道："我赞成你说的一切，但我相信这位隐士是个好人。做一个真善的遁世者难道不胜过许多伪善的凡夫俗子吗?"

河　流

卡迪莎山谷里奔流着一条汹涌的大河，流向大河的两股小溪汇在一起，开始了对话：

“朋友，你也来了，一路上顺当吗?”

“我的旅途艰难极了。磨坊的水轮坏了，往日从沟渠引我的水灌溉庄稼的农夫死了；我沿着河床缓慢渗流，河水中夹带着污秽，是那些慵懒地晒着太阳、无所事事之徒扔下的。你呢兄弟，你是否一路顺风?”

“我的旅途可不一样。我从遍是香花娇柳的山丘汩汩流下，男男女女用银杯饮我的潺湲，孩童们的粉足在溪畔拍打，到处是笑语，到处是欢歌。真遗憾你的旅途不太愉快。”

这时候大河说话了，以它的洪亮声音：“来吧，来吧，让我们奔向大海！来吧，来吧，不必再言语，和我一起流向大海！来吧，来吧，与我同在你们会忘掉悲欢苦乐。来吧，来吧，我们将会忘记一切历程，到达大海母亲的怀中！”

两位猎人

五月的一天，乐与哀在湖畔相遇。他俩互致问候，然后在静静的湖畔坐下交谈。

乐谈起了大地上的美物，谈起了在林间山中每日生活所经历的奇遇，还谈起黎明和暮霭时听到的清歌。

哀说话了，他赞同乐说的一切，因为哀也知道时光的魅力和美丽；哀谈起林间和山中的五月春光时娓娓动听，令人神往。

乐与哀谈了很久，他俩的所见无不相同。

这时，湖对面来了两位猎人，他俩盯着对岸，其中一人问道：“那两个人是谁呀?”另一个却说：“哪里来的两个人？我只看到一个嘛。”

第一个猎人又说：“是两个人呀。”

第二个猎人说：“我只看到一个人，湖里的倒影也是一个。”

“不，明明是两个人，静静的湖面上也是两个人的倒影。”

“确实只有一人。”

“我看得清清楚楚是两个人。”

时至今天，一个猎人说对方看花了眼；另一个却说：“我的朋友有点瞎眼。”

另一个游子

有一次，我碰到另一个路人，也有些疯癫的样子。他对我说：“我在四处周游，经常感觉自己行走在侏儒群中，我要比人们高出七十腕尺①左右，这常常带给我更高超、更自由的思想。”

“事实上我不是行走在人群中，而是行走在人们之上。他们所能见的一切，只是我留在他们旷野里的足印。”

“我每每听到人们为这足印的形状、大小众说纷纭。有人说：‘这是远古的猛犸②周游大地的踪迹。’又有人说：‘不，这是高空中的流星陨落的地方。’”

“可是你，朋友，分明知道这不过是一个游子的足印。”

① 腕尺：古代衡量单位，一腕尺等于 0.5883 米。

② 猛犸，古哺乳动物，大小形状近似现代的大象。

1933

薛庆国 译

朱　凯 校

先知园

1①

当代的中天日，被选而被爱的穆斯塔法，在“啼昔铃”②之月——怀念的时节，回到他出生的岛屿。

当归船驶近港口，他伫立船头，身边围着水手。他心里涌起回归故里的感怀。

他说(他的话音里有海的啸鸣)：“看吧，这是我们出生的岛屿！就在此地，大地将我们倾吐出来，作为歌，作为谜；歌唱给天空，谜献给大地。舍却我们自身的热望，天地之间，还有什么能远扬这歌声，猜解这谜底?”

“大海又将我们交给岸陆，我们只是滚滚而来的海浪之一浪。海推送着我们，是要我们传播她的宣言。不在礁石和沙滩上，将自己俨然的内心撞个粉碎，我们如何完成这一使命呢?”

“这便是水手和大海的法则：倘若你要求自由，你必先将自己化为雾霭。那无形无态的，永在追寻着形态，一如无数的星云最终聚变为日月。我们经过屡屡求索，现在又回到这岛屿，这坚硬的土地，我们复需化为雾霭，从头学起。不经撞击而化为热望、自由，又有什么能够茁长、升高呢?”

“我们永远追击海岸，以便歌唱，以冀有人聆听。但那海浪，在无人听闻的远洋拍打，又作何解呢?正是自身中听闻不到的乐调，在察看我们更深的悲哀；也正是这听闻不到的乐调，在雕凿我们的灵魂，筹划我们的命运。”

这时一位水手向前说道：“大师，是你勾起我们对港口的思念；而今我们来了，可你却大谈悲哀，还说心灵将被撞碎!”

他便回答：“难道我没有谈到自由，谈到实为我们更大自由的雾

---

① 原文各节无序码。

② 啼昔铃，阿拉伯语，十月的意思。

霭吗？但我确在忍着痛苦，朝觐我降生的岛屿，恰如一个被戮者的精魂，来到戮杀他的人面前下跪。”

另一位水手说道：“看哪，海堤上聚集着人群呢！他们在静默中，连你抵达的时辰都已预知。他们从田埂上，从葡萄园里赶来，为等候你，向你表示爱意。”

穆斯塔法向着人群凝望，心里满溢着对他们的恩情。他沉默不语。

这时，人群高呼起来，这是怀念和祈望的呼喊。

他看着水手们，说：“我给他们带来了什么呢？我，远方的一名猎手，曾经瞄准目标，使足力气，射尽了他们赠我的金矢，但我没有获得猎物。我未曾追踪飞矢，或许它们挂在不坠地的伤鸟翼上，正在阳光下飞曳；或许那箭镞已经堕地，被人拾取换作面包和美酒。”

“我不知那些箭矢飞向何处，但我知道：它们曾在空中留下过弧线。”

“虽如此，爱神依然将我把握，你们这些海员，还在驾驭着我的幻想，我不会缄口。当时光之手扼住我的咽喉，我将呐喊；当唇间燃起火焰，我将歌唱。”

他说着这些，水手们的心里却大惑不解。有一人便说：“大师，教导我们一切吧，我们或许能够领悟，因为我们的脉里流着你的血；我们的气息，是由你的芬芳而来。”

他答道(他的话音里有风的呼号)：“你们带我来此出生之岛，是要我成为教师吗？我尚未进入智慧之樊篱，依然年轻、稚嫩，只能谈及自我，即是那深邃对深邃的永远呼唤。”

“让愿求智慧的人，去盯着金凤花，盯着一把红土而寻觅吧！我依然要做歌手，歌唱大地，歌唱你们失却的、在白昼出游于睡寐之间的梦幻。然而我将凝望大海。”

现在船进了港口，靠上海堤。于是他踏上自己降生的岛屿，重回到亲朋故旧中间，人们从心底里高呼起来，他回归故里的孤独感不

禁为之动摇。

人们静候着他的演讲，但他沉默不语，记忆的忧愁正笼罩他的心头。他在心中自语："我说过我要歌唱吗？不，我只能开启口唇，让生命之声进出，到风中寻找欢乐和襄助。"

这时候，孩童时曾和他共嬉于母亲花园里的凯丽玛说道："你自我们中间销匿，已有十二年之久，我们渴望聆听你的话音，也有十二年了。"

他无比温柔地注视着她；还记得，当死神的白翼将他母亲敛起，是凯丽玛为她阖上眼帘。

他回答说："是十二年吗？你说十二年吗，凯丽玛？我的思念，我从不用日月的测竿来计算，也不勘量其深度。因为当爱成为乡思，时间的测算便不再灵验。"

"短暂的片刻有时包含极漫长的离别。然而分离只是心智的衰惫，觉到分离时我们未必分离。"

穆斯塔法的目光在人们中一一扫过，见他们中有青年，有老人；有强壮的，有弱小的；有风吹日晒脸色黧黑的，有弱不禁风面容灰白的——所有的脸上都闪着思念和好奇之光。

其中一人问道："大师，生活严酷地销蚀了我们的希望和心愿，我们心烦意乱，不得其解。我请求你：宽慰我们，给我们阐述忧愁的真谛。"

他的心里不禁起了怜悯，他说："生活，比生灵万物更古老，正如大地上美丽的物事产生之前，美早已展翅；亦如真理被道出之前，已先有真理。"

"生活，在我们静默中歌吟，当我们安睡时展梦。倘若我们遭受挫折，心绪低沉，生活却登峰造极，高视阔步；我们哭泣时，生活在丽日下微笑；我们身披镣铐时，生活却是一无所羁。"

"我们常常用苦涩的名字称呼生活，那只因为我们自身苦涩而阴沉；我们扬言生活空虚，毫无价值，那只因为我们的魂灵在荒凉之地徘徊，我们的心机过分沉湎于自我。"

“生活是深邃、高昂而辽远的。虽则你放眼才不过目睹她的足踵，他又是近在咫尺的；虽则唯你生命的气息，方可传到她的心间，你的倒影却从她脸上掠过，你最微弱嗟叹的回声，却能化作她胸中的春秋。”

“生活是被遮掩、被隐匿的，恰似你的‘大我’被遮掩、被隐匿一样。然而生活一旦言语，八面来风便成了她的词句；当她再语，你唇间的笑容、眼中的泪水，也尽悉化为词句。当她歌吟，其乐声发聋振聩；当她翩翩而至，连瞽者也能看见，而为之惊异，并奇妙地随她而往。”

他说到这里停下了，人群一片沉默。这沉默中有无声的歌，人们的孤寂和苦痛得到了慰藉。

2

他径直离开人们，踏上通向他的花园的路。他的母亲、父亲，他的祖辈们，都在那座园中安眠。

有人想随他同往，因为见他孤身一人回归故里，而他的亲人中已无人幸存，无法按照家族的惯例为他设宴接风。

然而船长劝阻说：“让他独自去吧。因为他的食物，乃是孤独的食物；他的杯中，乃是回忆之醇酒，他情愿独斟自饮。”

船员们见船长所言极是，便又停下脚步。海堤上围聚的人们，也欲往而止。

唯有凯丽玛在他身后不远跟着，思慕着他的孤独和回忆。她默默不语，未几又掉头回到自己家中，在花园的杏树下哭泣，无名无由地哭泣。

3

穆斯塔法来到他母亲和父亲的花园。他走进去，关上门，以免别人跟进。

在这栋房屋和这座花园里，他一住就是四十个昼夜，其间无人打扰，连门口也无人围观；因为门是关着的，人们又知道他乐意清静。

四十个昼夜过去了，穆斯塔法把门打开，让人们进来。

于是，花园里来了九个人和他作伴：三人是他船上的船员，三人曾在圣殿里供职，另外三人是他童年时一起玩耍的伙伴。他们都成了他的门生。

一天早晨，大家围他而坐，他的眼里蕴含着对遥远往事的回忆。门生中一位叫哈菲兹的请求说："大师，给我们谈谈阿法利斯城，谈谈你滞留了十二年的地方吧。"

穆斯塔法沉默着，他放眼向远山望去，向博大的"以太"望去，他的沉默里蕴含着一场鏖战。

然后说道：

"我的朋友们、同道们：信仰繁多、独无宗教的民族真是可怜!"

"着的衣裳不是自己织就，吃的粮食未经自己稼穑，饮的葡萄酒并非流自自己的酒坊——这样的民族真是可怜!"

"把强人称为英雄，把一时显赫的征服者奉为施主——这样的民族真是可怜!"

"在睡梦中蔑视欲望，当醒觉时又屈从于它——这样的民族真是可怜!"

"在葬礼上行进方才呐喊，在废墟中沦陷始欲扬名，当头颈置于铡刀下方始反抗——这样的民族真是可怜!"

"其政治家是狐狸，哲学家是骗子，艺术不过是拼凑和模仿——这样的民族真是可怜!"

"大张旗鼓地欢迎一位新王，末了以"嘘"声作别，再去大张旗鼓迎来又一位君王——这样的民族真是可怜!"

"其圣人随着年迈而哑寂，其强者依然是摇篮里的婴儿——这样的民族真是可怜!"

"四分五裂，又各自为邦的民族真是可怜!"

4

又有一人说道：“谈谈你心里此刻的感触。”他看着此人，他的答话声中似有星辰在歌唱：“在你醒觉的梦中，当你静下聆听更深的自我，你的思绪。 便如雪花般轻飏、飘落，为你空间中的万籁，披上白色的静默。”

“那醒觉的梦，岂不是在你心中天树上萌芽、结蕾的云朵吗？你的思绪，岂不是你心之风，吹落在心灵山野里的花瓣吗？”

“你期待着和平，一直到你无形的内心成形。 同样，那云朵也将聚合、浮流，直至受福的手指将其灰色的愿望，化为微小的、水晶般的星辰日月。”

这时，半信半疑的萨基斯问道：“不过，春天总要来临，我们梦幻、思绪的雪片都将融化，化为乌有呀。”

他答道：“当春天来临，在蛰伏的灌木和葡园里寻访‘他，的所爱，白雪果然要融化，汇成溪水，涌流着追踪山谷的河涧，浇灌着桃金娘和月桂树。”

“同样，当你心灵的春天来临，你心中的雪便要融化，你的秘密便要奔流，去谷地寻觅生命之河；这河，又要拥挟着你的秘密流向大海。”

“当春天来临，万物都将融化，化为歌乐；星辰，这些缓缓下降，在更大的田原着陆的大雪片，也将化为欢歌的溪流。 当‘他’眉宇间的太阳高升起来，照耀更旷大的原野，还有什么冻结的和谐，不愿化作流动的韵律？你们中又有谁，不愿去浇灌桃金娘和月桂树？”

“仅仅在昨天，你还随奔流的大海一起漂流，你不见岸陆，不明自身。 后来，风，这生命的气息，把你织为她脸上的光罩，然后用手将你聚拢，赋予你形态；你便昂起头向高处进发。 而大海在跟随你，海之歌依然在你耳边回荡。 虽然你忘却了自己的身世，大海却

永念着自己的母性，永远地向你发出召唤。”

“在高山和大漠里飘游时，你会时常忆起大海深凉的心怀；尽管你往往不解自己渴望何物，其实，你确在渴望大海博大而富有韵律的和平。”

“难道不是这样吗？在山间的丛林与凉亭里，当雨珠在树叶上起舞，当雪花飘落，如祝福似立约——；在山谷里，当你将羊群领向河边——；在你的田地里，当银色的溪涧汇入绿野——；在你的园圃里，当朝露映照出天空——；在你的草场上，当暮霭半笼着小径……在这所有的时与地，大海都与你同在，见证着你的世系，冀盼着你的挚爱。”

“是你身内的雪片，在奔流，向着大海。”

5

有一天早晨，当他们在园里信步，大门前来了一位女子，就是凯丽玛，穆斯塔法视为童年时的姐妹一样爱护着的人。她呆呆地立着，既不作声，也不用手叩门，只是热切又忧虑地向着园内张望。

穆斯塔法见她眼里有所期望，便迅步来到墙边打开园门。她走了进来，受到欢迎。

她发问：“你何故离开我们众人，使我们不得沐浴你的容光？这么多年，我们一直在爱慕你等待你，盼望你平安归来。现在大家都在召唤你，愿同你交谈。我受他们委派，请求你同众人见面，宣讲你的智慧，安抚受创的心灵，唤醒我们的愚蒙。”穆斯塔法注视着她，说：“莫要说我有智慧，除非你把所有人都称为智者。我只是枝头一颗年轻的果实，仅仅在昨天，我还不过是一朵花苞。”

“莫要说你们中任何人愚蒙，事实上，我们既非智者也非愚人。我们是生命枝头的绿叶。生命超乎智慧，也自然超乎愚蒙。”

“我真的离开过你们吗？难道你们不知：只有心灵在幻想中都不能逾越的，才能称作距离？这距离心灵一旦逾越，便成为心灵的律动了。”

“你和不友好的近邻之距，实在远超过你和千山万水之外的爱人之距。”

“在记忆中没有距离，只有在忘却中，才存在声不能达、目不能及的鸿沟。”

“在大洋岸和至高的山巅之间，有一条秘道；你要与大地的孩子同在，必先征越它。”

“在你的知识和悟性中间，也有一条秘径；你要与人类、与自身融为一体，必先发现它。”

“在你施的右手和受的左手之间，有着大空间；只有把双手同时看作亦施亦受，你才能弥合空间；因为你既无所施，也无所受，了解此理你方可征服空间。”

“最远的距离，其实横亘在你的梦幻与醒觉之间，横亘在你的行为与愿望之间。”

“还有一条道路，你要与生命同在就必先征越；但我现在不说，因为你们历经求索，已经面露倦容。”

6

然后，他同那位女子，还有九个门生一起，来到街市，他向着朋友和邻里们演说。 人们满心欢悦，眼露喜色。

他说：“你们在睡眠中成长，在梦乡里过着更为充实的生活；因为你们的白昼，都在为静夜的所受感恩。”

“你们常常以为，并且还说：夜晚是休息的时辰。 而实在说，夜晚是探究与发现的时辰。”

“白昼给予你们知识的力量，训练你们的手指精于受取之道；黑夜，却将你们导入生命的宝库。”

“太阳教导万物向往光明；但是黑夜，却将万物高举到星际。”

“实在是静夜，为林间的树木和园中的花朵织就了婚纱，而后大

张盛宴，装饰洞房。在夜之圣洁的静谧中，‘明日’从‘时光’的母腹中脱胎而出。”

“就这样黑夜与你们同在。你们在寻觅中发现膳食，得到满足。尽管黎明觉起时记忆中断，梦中的盛宴却是永设的，洞房永在等待。”

他停顿了片刻，众人也静候着。接着他又说：“你们是精神，虽然你们的肉体在活动；你们是灯盏里的火苗，正如黑夜里燃烧的灯油一样。”

“倘若你们仅仅为肉体，那我站在此地的演讲便了无意义，形如死尸招呼另一具死尸。你们并非如此，你们身上的不死之灵，无论昼夜都自由自在，无以禁锢，无以羁勒，因为这是‘至高’的旨意。你们是‘他，的气息，和风儿一样把握不住、圈禁不得。我，也是‘他，呼纳的气息。”

他离开人们，又快步回到了园中。

半信半疑的萨基斯问道；“大师，丑怎样讲呢？你从没有谈过丑。”

穆斯塔法回答了，话语如鞭子一样有力：“朋友，哪个人路过你的家室，不叩屋门，就怪你不好客呢?”

“哪个人既说着你不懂的异邦语言，又责备你是聋子、笨人呢?”

“是不是你从未努力抵达的境界，你从未想望进入的心灵，被你认作丑呢?”

“实在的，要说丑，那只是蒙着我们眼的荫蔽，塞着我们耳的耵聍。”

“朋友，不要把任何东西称为丑，除了面对自身的回忆而畏惧的灵魂。”

7

又一日，他们正在白杨树颀长的倒影下叙谈，有人问道：“大师，我惧怕时光。它从我们头上掠过，攫走了我们的青春，它拿什么作为回报呢？”

他答道：“抓起一把泥土，你会发现里面有一粒种子，或许有一条稚虫；如果你的手掌足够阔大而沃实，种子会长成森林，稚虫会变为成群天使。莫忘记：将种子变为森林、稚虫变为天使的岁月，都属于‘现时’，千秋万代都基于这样的‘现时’。”

“岁月时节还不是你们自己变化的思想？春是你们心胸的苏醒；夏是对你们果实累累的认可；秋，不就是在你们心中，长者对孩童唱着催眠柔曲吗？至于冬，你说，岂不是随着春夏秋的梦一起长大的睡寐吗？”

好奇的玛努斯这时候四处张望，看到开着花的青藤缠在无花果树上，他便问道：“瞧这寄生虫，大师：这些耷拉着倦眼的贼儿，从太阳坚实的孩子身上窃取光明，又堂而皇之地汲取枝干、树叶里的汁液，你对此有何评论？”

穆斯塔法答道：“朋友，我们都是寄生者。我们劳作，将蔓草变成搏动的生命，而比起不知蔓草为何物，却直接从中汲取生命的生物，我们并不高出一等。”

“母亲会对孩子这样说吗：‘因为你让我身心交瘁，我要把你放回森林，你那更伟大的母亲怀中’？”

“歌手会这样斥责他的歌儿吗：‘回到你来的音穴去，因为你的歌声令我难以呼吸’？”

“牧人会对羊羔如此说吗：‘我找不到牧场饲育你，去让人宰了，牺牲你自己吧’？”

“不，朋友，这一切尚未要求，就已尽得回报；正如你尚未入眠，你的梦就已完成一样。”

“我们按照远古永恒的法则互相依存着。让我们生活在爱与善之中吧。我们在孤寂中互相寻访，在不能依傍炉台安歇时纵步前行。”

“朋友们，兄弟们，更广阔的道路乃是你们的同胞。”

“这些爬在树上的草藤，在静夜里吸饮大地的乳汁；而大地，在甜梦中吮吸着太阳的胸乳。”

“太阳，则和你我万物一样，在‘圣子’的筵前光荣就座；那宴厅之门是常开的，筵席是永设的。”

“玛努斯，我的朋友；万物，依着万物而生；万物，以无穷的信赖，依着‘至高’的恩赐而生。”

8

有一天清早，晨光熹微。大家一起在园中漫步，他们望着东方，静视着旭日初升的景象。

不久，穆斯塔法用手指着说：“朝露里的旭日形象，和太阳本身一样圆满；你们灵魂里生活的投影，和生活本身一样丰富。”

“朝露映现光明，因为朝露与光明并无二致；你们反映生活，因为你们和生活乃是一体。”

“黑暗笼罩你们的时候，就说：‘这黑暗是尚未降生的黎明，尽管我忍受着黑夜分娩的阵痛，但黎明必将降生予我，如同它降生予山岳一样。’”

“朝露在百合花的黄昏之季里圆就自己，恰如你们将自己的精神聚拢在上帝心间。”

“倘是有一颗朝露抱怨：‘千百年来我仅仅做一颗朝露！’你就回答它：‘你知否，千百年的光明，不都在你的圆周里闪耀吗?”

9

有一天傍晚，袭来了一阵大风，穆斯塔法和他的九个门生走进屋子，静静地围坐在炉火旁。

有一位门生说道：“大师，我很孤独，时光的利爪重重地扎进我的胸膛。”

穆斯塔法站立起来，以狂风劲吹的话音说道：“孤独！这又怎样呢？你独自而来，还要独自在雾霭中逝去。”

“所以，孤独而宁静地饮你的杯吧。秋日已将别的杯盏赐予别的嘴唇了，并在其中斟满了苦甜的葡萄酒，正如先前斟满你的杯盏一样。”

“独自饮用杯中的酒吧，尽管它喝来味同你的血泪。赞美生活赐予你饥渴之礼，因为少了饥渴，你的心只是贫瘠的海堤，没有歌声，没有潮汐。”

“孤独地饮你的杯，且要欢快地饮用。”

“将杯高举过头顶，为孤独饮酒的人们干杯。”

“曾有一次我应酬一群人们，和他们在筵席上共饮。但他们的酒，却不能升上我的头，也不能流进我的胸，而是降到了足间。我的智慧还是干涸的，我的心还是密封紧闭的，只有我的足，在与他们一起恍恍惚惚。”

“我再不和人们应酬了，也不再和他们在筵席上共饮。”

“所以我告诉你：虽然时光的利爪重重地扎在你的胸上，这又怎么样？孤独地饮你忧愁之杯是件好事，你的欢乐之杯也要独斟自饮。”

10

有一天，希腊人法德鲁斯在园内走路时，脚被砾石绊了一下。他生气了，转身捡起砾石，小声骂着：“噢，挡我路的死东西！”说着一甩手扔了出去。

被选而被爱的穆斯塔法见状说道：“你为何要说：‘噢，死东西？’你在园内这么久，不知道这里没有‘死东西，吗？万物都在白

昼的博识和黑夜的威严中生长、焕发，你和砾石相等相当。你们两者只是心跳有别，你的心跳得稍快一些，是吗，朋友？唉，可它不像石块那样肃默。”

“砾石的节律或许是另一种节律。但我要说：你若去衡量灵魂的幽深，或去勘测天宇的高远，你将听到同一阕乐曲，在这阕乐曲里，砾石与星辰在完美的和谐里共歌同唱。”

“假如我的话语不能为你领悟，那就等到下一个黎明吧！假如你诅咒昏眼时自己踢上的砾石，那么当你的头颅在天空撞上了星星，你也诅咒星星吗？总有一天，你会像孩童采撷山百合一样，收聚砾石和星辰；并会明白：这一切都在洋溢生命，散发芬芳。”

11

星期的第一天，当圣殿的钟声传来，他们中的一人问道：“大师，我们在附近经常听说起上帝，你对上帝有何说法？‘他’到底是谁？”

穆斯塔法在众人中间站起，如同一棵无惧风雨的劲树。他回答：“我爱的伙伴们，请想象一下：有一颗心包容你们全部的心，有一份爱兼蓄你们全部的爱，有一种精神容纳你们全部的精神，有一种声音蕴含你们全部的声音，有一种宁静比你们全部的宁静更为深邃，而无穷无尽。”

“请在内心努力地感觉：有一种美比一切美物更加迷人；有一首歌比海洋和森林的歌声更加强劲；还有一种威严，它端坐的宝座，天狼星只配作其脚垫，它手执的权杖，令七女星[1]相形失色，不过似露珠的微光。”

“你们总是汲汲于衣、食、住、行，现在该去追求的，既非你们

① 七女星，希腊神话中的大力神阿特拉斯有七个女儿，后化为天上七颗明星，称七女星。

弓箭的目标，也非你们遮蔽风雨的石穴。”

“倘若我的话语为岩石、为谜语，那就努力用它敲开你们的心户，让那疑问指引你到达‘至高’——人们称作‘上帝’——的爱和智慧之中。”

众人沉默着，无一例外，他们的内心深感困惑。穆斯塔法不禁怜悯起来，他和蔼地注视他们，又说：“从今不要再侈谈天父上帝了。让我们谈论‘众神’吧——便是你们身边的人们；让我们谈论兄弟吧——便是在你们的房舍和田地活动的元素。”

“你们愿在幻想中升入云霄，以为那是到达至高；你们希望渡越大海，声言彼岸便是极远。但我告诉你们：当你们在地里播下一粒种子，你们到达了更高处；当你们向邻居赞颂美丽的晨光，你们渡越了更大的海。”

“你们那么频繁地颂唱着上帝，即‘无穷’，但你们实际听不见那歌声。愿你们去听听飞鸟的歌，听听树叶被风吹落枝头时的歌。莫忘记，朋友们，树叶只在离开枝头时方才歌唱。”

“我再次嘱咐你们：不要随便地谈论上帝，那是你们的‘一切’；倒不如邻居与邻居之间、‘一神’与‘另一神’之间相互交谈，相互理解。”

“倘若雌鸟只顾在高空中飞翔，谁来喂养它的幼雏？倘若没有蜜蜂飞来飞去授粉，地里的银莲花如何开花结果？”

“只有当你们沉湎在‘小我’中，你们才去寻找天空，即你们所称的上帝。愿你们能够找到通往‘大我’的道路，愿你们少一些惰性，勤勉地铺路。”

“我的水手和朋友们，明智的做法是：少谈论我们知悟不了的上帝，多谈论我们能够理解的彼此。但我还要告诉你们：我们是上帝的气息和芬芳；我们是上帝，在树叶中，在花朵中，更在果实中。”

12

有一天上午，太阳已经高升，一个门生——童年时曾和大师一起玩耍的三人之一——走近他说："大师，我的衣服破损了，没有可换的。让我离开一会儿去市场讲讲价，或许能添置一件新衣。"

穆斯塔法看着年轻人，说道："把你的衣服给我。"那人便脱下衣服，赤着身站在日光下。

穆斯塔法说话了，话音似马驹在大路奔腾："只有赤裸者才能沐浴阳光；只有质朴者才能驾驭清风；只有经历过一千次迷途的，才能归返故乡。"

"天使们已经厌烦了聪明人。就在昨天，一位天使对我说：'我们为炫目的人们创造了地狱。烈火以外，还有什么可以抹去耀人的表面，将物体熔化，并显露其本质呢？'"

"我便说：'但你们创造地狱时还创造了司管地狱的魔鬼。'天使答道：'不，地狱是由不怕烈火的神灵司管。'"

"睿智的天使！他自明辨人与半人的道路，他是那些六翼天使[①]中的一位，前来援助受制于聪明人的先知。无疑，他和先知们一起微笑，也和先知们一起悲泣。"

"朋友们、水手们：唯有赤裸者才能沐浴阳光，唯有不假舟楫者才能航越更大的海洋，唯有和夜晚一起沉入黑暗的才能随着黎明醒来，唯有和雪地里的根柢一起冬眠的才能迎来春天。"

"你们就好比那根柢，和它一样质朴，但你们又从大地汲取智慧。你们是静默的，但你们尚未长出的枝干里，蕴蓄着四方的合乐。"

"你们柔弱而且无形；然而，你们却是大橡树的萌芽，却是参天巨柳的雏形。"

"我重申一遍：你们不过是黑色土壤与涌动的天际之间的根柢。我常常见你们破土而出与光明共舞，我还见你们面露羞涩。一切根柢都是羞涩的，它们把心隐藏得太久了，以致面对内心有点失措。"

"然而五月将要来临。五月是不息的处女，她将如母亲一般抚爱山峦与平原。"

---

① 六翼天使，西方神话中九级天使里地位最高者。

13

在圣殿里供职的一位门生说道：“大师，教我们说话，让我们的言词和你的一样，美如清歌，香如幽兰。”

穆斯塔法答道：“你当超凌于言词之上，但你的道路仍须为歌韵、为芬芳；歌韵留给一切爱者与被爱者，芬芳赠予乐于生活在花园里的人们。”

“你当超凌言词，登上飘落着星之尘的顶峰；你当张开手掌直至盛满；而后你当卧下，如同白色的雏鸟躺在白巢里一样睡眠；你当梦见明日，犹如洁白的紫罗兰梦见春天。”

“哦，你还当深入于言词之下，去探寻溪流消匿的源头，成为一个隐蔽的洞壑，回响着你现在听闻不到的幽谷微声。”

“你当深入言词之下，哦，比万籁更深邃，更接近大地之心；那里，你会独晤那也在银河信步的‘他’。”

过了片刻，又一个门生问道：“大师，给我们说说‘存在’，什么是‘生存’？”

穆斯塔法久久地望着他，喜欢了这人。他站起走了几步，又折回说道：“在这座花园里，躺着人们用手埋葬的我的父母；在这座花园里，播撒着风之翼携来的昨日的种子。我的父亲和母亲将在此地埋葬一千次；风儿将在此地播撒种子一千次；你、我，还有这些花卉，在今后的一千年里也和现在一样，将一起来到这座园中。我们将生存，爱着生活；我们将生存，梦想着宇宙；我们将生存，向着太阳成长。”

“但在今天，生存就是变得明智，但也要明白什么是愚笨；就是变得强伟，但不是欺凌弱者；就是和孩童们嬉戏，但不是以父辈的身份，而是作为学习他们游戏的伙伴。”

“就是质朴无邪地对待年迈的老人，与他们一起坐在古橡树的荫下，虽然你们仍在和春天共步。”

"就是寻访远在七条河流之外的诗人，和他平和相处，不要希冀，不要怀疑，不要将问题挂在唇间。"

"就是知道圣人和罪犯是孪生兄弟，他们的父亲就是我们的仁慈君王；兄弟中的一位比另一位早诞生片刻，我们便以他为加冕的王子。"

"就是去随从美，即使她引导你们抵临悬崖之缘，即使她生着翅翼而你们无翅无翼，即使她的足迹远及天涯。随从她，因为美之不存，万物焉存?"

"就是成为没有围墙的苗圃，没有守丁的葡萄园，成为永向路人敞开的宝库。"

"就是被掠夺，被欺诈，被蒙骗；哦，就是误入歧途，落入陷阱，为人耻笑。然而在经历这一切之后，从你'大我'的峰顶微笑地俯视下方，你晓得春天将要来临你的园圃，在枝叶上起舞，秋天将要催熟你的葡萄；你晓得只要有一扇窗牖向东洞开，你永不会觉到空虚；你晓得所谓的罪犯、强盗、骗子等等，都是你在患难的兄弟；或许，在高于此城的'无形城'的神圣居民看来，你正好集这些行为于一身。"

"现在，我还有话要献给你们，献给用双手制造、发现了一切，愉悦我们昼夜的你们。"

"生存，就是做一个以巧手代目的织工，一个深通光线与空间之道的匠人，一个每播一粒种子就当作埋下一件珠宝的农夫，就是做一个渔民，一个猎手，他们怜惜游鱼和走兽，然而更怜惜饥者和穷人。"

"此外，在这一切之上，我要说：你们每人，所有人。都要和他人和衷共济，唯此你们才有望实现自己的良愿。"

"我的同道、我的亲人：要勇敢而不懦弱，要胸怀博大而不心胸狭窄。当我和你们的末时来临之际，便确是你们实现'大我'之日。"

他的话到此结束。九个门生大为沮丧，他们心驰旁骛，大惑不解。

喏，三个水手又思念起大海，三个在圣殿供职的想着回去寻找慰藉，三个他童年的伙伴打算去逛街市。他们充耳不闻他的言词，那话语便重回到他那里，恰如疲惫而无家可归的飞鸟寻觅避所。

穆斯塔法离开他们，在园里走着。他没有言语，也没有目视他们。

他们互相商量，要找出借口告辞。

瞧，他们走了，各去各的地方。现在，被选而被爱的穆斯塔法，又只身一人了。

14

当黑夜完全降临，他走到母亲的坟茔边，在一棵雪杉下就座。这时，一道强光在空中闪现，将花园照亮得犹如大地胸脯上的一颗明珠。

穆斯塔法从孤寂灵魂的深处喊了起来：“我的心灵重荷着成熟的果实，谁来采撷，饱尝这硕果？难道没有一个好心慷慨的斋客，以我给太阳的第一次献礼为开斋的食品，减轻我丰收的重负吗？”

“我的心灵正与年久的葡萄酒一起涌溢，就没有干渴的人前来饮用吗？”

“看哪！有个男子正站在路口，满托着珠宝的双手向路人伸开。他呼喊着：‘怜悯我，取走这些东西吧！看在上帝的面上，拿走我手中的东西，安慰我！’”

“但路人只作旁观，无人拿他手中的珠宝。”

“但愿他是一个乞丐，伸手去接受施舍——啊，伸出颤抖的手，而又一无所获地缩回——这样，也要胜过捧出满把的厚礼，却不见别人领受。”

“看哪！还有一个仁慈的王子，在荒山与大漠之间搭起丝篷，他令仆人生起篝火，作为招引陌路游子的标志；又派差役在大路守望，

以期迎来客人。然而荒漠的道路杳无人迹，他们一无所遇。”

“但愿王子是个浪荡的贫民，为食宿四处奔命；但愿他是个身无分文的游子，凭着一杖一碗漫游四方；夜晚他可以遇见同道，遇见游吟的诗人，和他们分享乞物，也分享回忆和梦幻。”

“看哪！国王的千金正从卧榻醒来，她穿上绸衫，佩上珍珠宝石，头发洒上麝香，手指沾上琥珀。然后从闺阁下到自家的花园，水晶鞋浥着静夜的清露。”

“在这静谧的夜里，国王陛下的千金在花园里寻觅着爱情；可父王偌大的王国里，竟没有一个她的爱人。”

“但愿她是个农夫的女儿，在田野看守羊群，傍晚时回到父亲的农舍，脚上沾着曲径的尘土，衣褶携着葡萄园的芬芳。当着夜幕降临，夜间的天使莅临世上，她便蹑着脚步，去河谷约会等候她的情人。”

“但愿她是修道院的修女，薰焚自己的心儿为香，让心儿随风轻飏，让精神化为蜡炬，烛光伴着一切崇慕者、一切爱者与被爱者，升向更辉煌的光芒。”

“但愿她是垂垂老矣的妇人，在阳光下静静踞坐，回忆着青春年华的伴侣。”

夜阑更深。穆斯塔法也和黑夜一样阴郁，他的精神似不散的浓云。他再次呼喊：

“我的心灵重荷着成熟的果实，
我的心灵重荷着果实，
有谁前来享用、一饱口福？
我的心头涌溢着葡萄美酒，
有谁前来舀起痛饮，一解沙漠的酷热？”

“但愿我是棵无花无果的贫树，
因为丰收比荒瘠更其痛苦，

富足却无人前来受领，
比乞丐得不到施舍尤为悲伤。”

“但愿我是口干涸的枯井，
人们往井里投掷石块，
比起汩汩而流的水泉，
人人路经却无人舀饮，
枯井总算幸运，聊可容忍。”

“但愿我是株被人踩断的芦苇，
这也胜过银弦切切的竖琴：
落入主人断指的室家，
再遇上子女全是聋哑。”

15

一连七个昼夜，没有人走近园子。穆斯塔法独自一人，沉浸在回忆和痛苦之中。因为那些曾经怀着爱，耐心听他教导的人们，也离去各度其日。

只有凯丽玛来过，静默像面纱一样笼在她的脸上。她端来了杯盘，为独处的大师带来饮料、肉肴，她把这些摆在大师面前，然后离开。

穆斯塔法又与园门内的白杨为伴。他坐下目视着街路，不久，似乎看到一股轻尘从路面刮起，朝他过来。至近处他看清是九个门生，由凯丽玛在前面带领。

穆斯塔法走向前去，在路上迎接了他们。他们进了园门，神态自若，似乎他们的各奔已程，仅仅是在一个钟点之前。

进来之后，他们就着一张简陋的餐桌共进晚餐。凯丽玛准备了面包和鱼，还把剩下的葡萄酒分斟了几杯。斟完后，她对大师说：“酒已倒尽，让我离开片刻去城里打酒，回来再给你们斟满。”

他看着她，眼神里思量着一次旅行、一个远邦。他说：“不必，这些现已足够。”

他们边吃边饮，晚餐用毕之后，穆斯塔法高声而语，他的话音似海一般深邃，像月光下的大潮一样饱满：“我的伙伴们、同道们，今天我们就要分手。很久以来，我们航越过险恶的大海，攀登过最为陡峭的山峰，经历过狂风暴雨的吹打。我们曾经食不果腹，但也曾在婚筵上就座；我们常常衣不遮体，但也着过国王的御衣；我们确作过迢迢远游，但现在就要分手。你们将一道走你们的路，我却要在自己的路上踽踽独行。”

“虽有大海旷野将我们分隔，我们在通往‘圣山’的旅途中仍是伴侣。”

“而在我们各奔前程之际，我要将我心灵的收获与落穗献给你们。”

“歌吟着行你们的道路，但每一首歌都应简约；因为歌声只有在你们唇间早逝，才会在人们心中长生。”

“以寥寥数语诉说美的真理，但切莫以言词讲述丑的真理。见了少女的秀发在阳光下闪亮，就说她是晨光的爱女；但你见了盲人，却不可说他与黑夜同类。”

“去聆听笛手的吹奏，就仿佛聆听四月的春籁；然而当批评家、当吹毛求疵家侈谈，你们要充耳不闻，远远规避。”

“我的伙伴们、亲人们！你们在路途会遇见长着蹄子的人们，那就献出你们的翅翼；会遇见长着犄角的人们，那就给他们戴上花冠；会遇见生着利爪的人们，那就以花瓣作为他们的手指；会遇见尖酸刻薄的人们，那就以蜜糖润泽他们的口舌。”

“噢，你们会遇见这各色人物。你们还会遇见跛者出售拐杖，盲人出售镜子，你们会见到富人在神殿门前行乞。”

“对跛者献出你们的捷足，对盲人献出你们的目力，对那富足的乞丐，你当献出自身：他们才是最为贫穷的人们。确实，只有一贫如洗的人——即使他身拥巨财，才会伸手乞求施舍。”

“伙伴们、朋友们，我以我们爱的名义告谕你们：做那沙漠里纵横交错的无数道路吧，雄狮与兔子、豺狼与绵羊也在那沙漠出没。”

“记住我的这些话：我教导你们的不是施予，而是受取；不是拒绝，而是履行；不是屈从，而是面带微笑地理解。”

“我教导你们的不是肃静，而是一首没有喧声的清歌。”

“我教导你们实现‘大我’，包容人类的‘大我’。”

他从席间站起，径直朝屋外的花园走去，在暮日中的柏树荫下踱步。人们在他身后不远相随，他们心情沉重，缄口无言。

凯丽玛收拾好餐桌，独自走近大师说：“大师，请让我为你准备明日启程的膳食。”

他回眸一顾，眼露出见到别的世界的神色。他说：“我的姊妹，我的亲人，一切自最初便已就绪，为明日的食物和饮料，正如为昨日和今日的一样，都已备好。”

“我去了。但若是我带走了未道出的真理，这真理还要将我寻觅、聚合，虽则我已在永恒的寂静中化为乌有。我还要再见你们，向你们宣讲，而我的话音，将从横无际涯的寂静心中复生。”

“假如还有什么美事我尚未向你们昭明，你们还可以呼唤我，噢，就以我现在的名字：穆斯塔法。我会给你们征兆，让你们知道我又返回，向你们再述遗阙的道理。因为上帝不愿让自己远遁人类，也不愿自己的箴言严封实裹，长卧人类的心底。”

“我将在死后复生，在你们耳畔歌唱，
虽则大海的浪涛把我携带，
送归大海的深渊；
我将不假躯体在你们桌旁就座，
我将随你们共赴田园，做无形的精魂；
我将去你们炉边造访，做隐身的来客。

死亡只能改变我们遮脸的面具，
伐木者仍是伐木者，
农夫依然为农夫，
向着清风吟唱的歌手，还会对运行的宇宙歌吟。”

他的门生个个鸦雀无声，为他一句“我去了”而忧伤，但无人伸手将他阻拦，也无人跟随他的步伐。

穆斯塔法走出母亲的花园，他的步履轻捷而无声。片刻之间，便像劲风中的一片树叶远去。人们仿佛看到一道微光，向空中扶摇直上。

九个门生沿路而去。但那女子，却依然在渐浓的暮色里伫立，一直望到那道微光与暮色融而为一；她默念着大师的话语，以此慰藉自己的寂寥孤单：“我去了，但若是我带走了未道出的真理，这真理还要将我寻觅、聚合，我将重来。”

16

垂暮时分。

他已抵达山峦，他的步履引他置身轻雾。他站在山石与松柏之间，消失在一切视线之外。他说：

“噢，雾霭，我的姐妹，尚未纳入模子的白色气息，
我，一股白色无声的气息，
一句未曾道出的言词，
向你归来。”

“噢，雾霭，我有翼的姐妹，此刻我们同在，
我们将长此相依，直到生命的翌日，
那日的黎明，要化你为花园的朝露，

让我做妇人怀中的婴儿。
我们将共忆往昔。”

“噢，雾霭，我的姐妹，我回来了，
怀一颗静听心田搏跳的心儿，
恰似你的心儿；
一个悸动而漫无目的的愿望，恰似你的愿望；
一种尚未聚合的思想，恰似你的思想。”

“噢，雾霭，我的姐妹，母亲的长儿，
你令我播撒的绿种，依然在我手里，
你嘱我吟唱的歌调，依然缄我唇中，
我未曾带来果实，未曾带来回声，
因为我的手是盲手，我的唇为荒唇。”

“噢，雾霭，我的姐妹，我曾深爱着
世界，也得到世界厚爱，
因为我全部的笑容，都挂在她的唇上，
而她所有的泪水，尽蓄在我的眼眶，
但我们之间，仍有寂静的鸿沟，
她不能逾越，我也无法跨渡。”

“噢，雾霭，我的姐妹，我不死的雾霭姐妹，
我对幼小的孩儿唱过古老的歌吟，
他们聆听了，脸上还带惊奇的神情；
然而明天，他们或许就将歌声忘却。
我不知风儿要将歌捎往何处，
它虽非我的所有，却曾进入我的心户，
还在我唇上作过片刻停留。”

“噢，雾霭，我的姐妹，虽这一切就要告终，
我心境依然安宁。
向既生的人们歌唱已经足够，
那歌虽然实非我有，
却源自我心灵最深的愿望。”

“噢，雾霭，我的姐妹，我的雾霭姐妹，
而今我你浑然一体，
我不复为自我，
墙垣已经倒塌，
锁链已经断裂，
我也作雾霭向你飘来。
我们将同在海上漂流，直至生命的翌日；
那日的黎明，要化你为花园的朝露，
让我做妇人怀中的婴儿。”

纪伯伦生平著作年表

1883 年 1 月 6 日	纪伯伦生于黎巴嫩北部山区的布舍里村。
1888 年	五岁时，入马龙派的小学。
1891 年	八岁时，父亲因故入狱，母亲携一家五口搬家。
1892 年	九岁时，右肩摔伤，落下终身残疾。
1895 年 6 月 25 日	十二岁时，母亲携四个孩子（纪伯伦、哥哥布特卢斯、妹妹玛尔亚娜和苏尔坦）移居美国波士顿。
9 月 1 日	入小学就读。
1896 年	开始为书籍封面作画。
1898 年 9 月	返回黎巴嫩学习祖国语言文化，入贝鲁特希克迈学院。
1901 年初	返美途中，访问了埃及、土耳其、希腊、意大利、法国等地的一些城市。
4 月 4 日	小妹妹苏尔坦死于肺病。1902 年 3 月 12 日哥哥布特卢斯死于肺病。
6 月 28 日	母亲病逝。
1904 年 5 月	在波士顿举办首次个人画展。女子学校校长玛丽·哈斯凯尔十分赏识纪伯伦的作品，并从此与他结为挚友。
1905 年	发表散文《音乐》。
1906 年	出版短篇小说集《草原新娘》。
1908 年	发表短篇小说集《叛逆的灵魂》。该书被奥斯曼帝国当局宣布为“危险的，叛逆的，毒害青年的”，而被当众焚毁，纪伯伦亦被革出教门。

	6月末	在哈斯凯尔的资助下赴法国进修，入巴黎艺术学院学习，受罗丹等于19世纪创建的象征主义的影响颇深，并对尼采作品、耶稣传记和宇宙成因等产生强烈兴趣。
1909年		赴英国参观伦敦博物馆。
1910年		参加巴黎春季传统画展，作品《秋》获银奖。
	10月底	从巴黎返回波士顿。
	年底	移居纽约。
1911年		发表中篇小说《被折断的翅膀》。
1913年		出版诗集《泪珠与欢笑》。
1914年		举办个人画展，展出七十幅作品，确立了艺术家的地位。
1917年		开始接受达尔文的进化论思想。
1918年		出版第一部英文散文诗集《狂人》，从此进入以英文写作为主的阶段。
1919年		出版《行列圣歌》。
1920年4月28日		纪伯伦邀请一些旅美的阿拉伯作家，正式成立笔会。会上，通过了章程，选举纪伯伦为主席。
1920年8月中旬		出版诗集《先驱》。
1921年		散文诗集《暴风雨》在埃及出版。
1923年		散文集《奇珍异宝》问世。
1923年		出版英文散文诗集《先知》。
1926年		出版散文诗集《沙与沫》。
1928年夏		出版《人子耶稣》。
1931年		出版《大地神》。
	4月10日	于纽约逝世。
	8月22日	葬于黎巴嫩家乡。
1932年		出版《游子》。
1933年		出版《先知园》。

图书在版编目(CIP)数据

人子耶稣 /(黎巴嫩)纪伯伦(Gibran,K.)著;薛庆国译.
—北京:中央编译出版社,2011.10
(纪伯伦全集)

ISBN 978-7-5117-0958-5

Ⅰ.①人… Ⅱ.①纪… ②薛… Ⅲ.①散文诗—
诗集—黎巴嫩—现代 Ⅳ.①I378.25

中国版本图书馆 CIP 数据核字(2011)第 156887 号

人子耶稣

出 版 人:和 龑
策　　划:韩慧强
责任编辑:刘文利
责任印制:尹 珺
出版发行:中央编译出版社
地　　址:北京西城区车公庄乙 5 号鸿儒大厦 B 座(100044)
电　　话:(010)52612345(总编室) (010)52612363(编辑室)
(010)66130345(发行部) (010)66509618(读者服务部)
(010)66161011(团购部) (010)52612332(网络销售部)
网　　址:www.cctpbook.com
经　　销:全国新华书店
印　　刷:北京瑞哲印刷厂
开　　本:880×1230 毫米 1/32
字　　数:130 千字
印　　张:9.25 **插页**:8
版　　次:2011 年 10 月第 1 版第 1 次印刷
定　　价:38.00 元

本社常年法律顾问:北京大成律师事务所首席顾问律师 鲁哈达
凡有印装质量问题,本社负责调换,电话:010-66509618